AF107025

www.ingramcontent.com/pod-product-compliance
Lightning Source LLC
LaVergne TN
LVHW010428070526
838199LV00066B/5957
9789358728361

نیا جنم

(افسانے)

سرلا دیوی

© Taemeer Publications LLC
Naya Janam *(Short Stories)*
by: Sarla Devi
Edition: August '2024
Publisher :
Taemeer Publications LLC (Michigan, USA / Hyderabad, India)

ISBN 978-93-5872-836-1

مصنف یا ناشر کی پیشگی اجازت کے بغیر اس کتاب کا کوئی بھی حصہ کسی بھی شکل میں بشمول ویب سائٹ پر اَپ لوڈنگ کے لیے استعمال نہ کیا جائے۔ نیز اس کتاب پر کسی بھی قسم کے تنازع کو نمٹانے کا اختیار صرف حیدرآباد (تلنگانہ) کی عدلیہ کو ہو گا۔

© تعمیر پبلی کیشنز

کتاب	:	نیا جنم (افسانے)
مصنف	:	سرلا دیوی
صنف	:	فکشن
ناشر	:	تعمیر پبلی کیشنز (حیدرآباد، انڈیا)
سالِ اشاعت	:	۲۰۲۴ء
صفحات	:	۸۶
سرورق ڈیزائن	:	تعمیر ویب ڈیزائن

فہرست

(۱)	نرک کے دروازے سے	9
(۲)	جوالا مکھی سلگ رہا ہے	32
(۳)	جہاں ماں بننا عذاب ہے	56
(۴)	نیا جنم	73

دیباچہ

خواجہ احمد عباس

ادبی قابلیت موروثی جائیداد نہیں ہے جو کسی خاندان کے ہر فرد کو برابر تقسیم کی جا سکے۔ کبھی کبھی ایسا ضرور ہوا ہے کہ ایک ادیب کی اولاد میں سے بھی کوئی ادیب ہوا ہے۔ جیسے منشی پریم چند کے بیٹے امرت رائے، سجاد حیدر یلدرم اور نذر سجاد حیدر کی بیٹی قرۃ العین حیدر اور گوربخش سنگھ کے بیٹے نوتیج۔ مگر ہندوستان تو کیا دوسرے ملکوں کی ادبی تاریخ میں سوائے انگلستان کے سِٹ ویل خاندان (Sitwell family) کے، ایسا کبھی نہیں ہوا کہ کسی خاندان کی ایک ہی نسل میں دو یا تین ممتاز ادیب پیدا ہوئے ہوں۔ یہ فخر صرف کرشن چندر کے خاندان کو نصیب ہوا ہے کہ کرشن چندر کے علاوہ ان کے چھوٹے بھائی مہندر ناتھ اور بہن سرلا دیوی نے بھی ادب کے میدان میں نام پیدا کیا ہے۔

سرلا کے افسانے ہندوستان کے اکثر ممتاز رسائل میں شائع ہوتے رہے ہیں اور ان کی کہانیوں کا پہلا مجموعہ "کلنک" شائع ہو کر مقبول ہو چکا ہے، مگر ان کے بارے میں یہ کہنا ضروری ہے کہ سرلا صرف کرشن چندر کی چھوٹی بہن ہی نہیں ہے بلکہ وہ اپنی منفرد ادبی شخصیت رکھتی ہے۔ اگر آپ کا یہ خیال ہے کہ اس کے افسانے کرشن چندر کی دھیمی سی "کاربن کاپی" ہوں گے، تو یہ غلط ہے۔ ہو سکتا ہے کہ سرلا کے ادبی ذوق کو کرشن چندر نے پروان چڑھایا ہو، شاید کبھی لکھنا سکھایا ہو اور اصلاح بھی کی ہو۔ مگر سرلا کا اسٹائل اس کا اپنا ہے، اور اس کی کہانیوں کا مواد ایسا ہے جو کرشن چندر تو کیا کسی مرد کو کبھی حاصل نہیں ہو سکتا۔ صرف ایک عورت کی حساس نظر عورت کے نفسیاتی کردار کی ان گہرائیوں تک پہنچ سکتی ہے جو سرلا کی کہانیوں میں جا بجا ملتی ہیں۔

سرلا کی کہانیوں کا موضوع ہے "نئے ہندوستان کی نئی عورت"، جو ایک سسکتے ہوئے نظام کے فرسودہ بندھنوں میں الجھی ہوئی ہے مگر جس کے مجروح احساس کی کوکھ سے ایک نیا سماجی نظام جنم لینے والا ہے۔ سرلا کی اکثر کہانیوں پر ایک عمیق اداسی چھائی رہتی ہے۔ وہ اداسی جو ہندوستان کی بیشتر عورتوں کی موت نما زندگی پر چھائی رہتی ہے۔ وہ کالج کی فیشن ایبل لڑکیوں کے رومان قلمبند نہیں کرتی، اس کے افسانوں میں نہ حجاب امتیاز علی کے "اطالوی دریچے" ہیں نہ قرۃ العین حیدر کا کافی

ہاؤس میں خوش گپیاں کرنے والے بے فکروں کا ہجوم ہے۔ اس کے ہاں تو عصمت چغتائی کا بے پناہ نشتر جیسا تیز طنز بھی نہیں ہے جو سماج کے پھوڑوں کی چیر پھاڑ اس بے دردی سے کرتا ہے۔ سرلا جراح نہیں ہے، مصور ہے۔ اس کے افسانے سماجی اور نفسیاتی حقیقت کی عکاسی کرتے ہیں۔ ان میں آپ کو نعروں کی گونج نہیں ملے گی۔ مگر اس کے افسانے پڑھ کر آپ اکثر انقلابی نعروں کے اصل معنی سمجھ سکیں گے۔ بظاہر اس کے افسانے المیہ ہیں۔ بیماری، بیکاری، تھکاوٹ، زندگی سے اکتاہٹ، سماجی قیود، اقتصادی مشکلات۔۔۔ یہ سب سرلا کے افسانوں میں ہوتا ہے۔ مگر اس کے ساتھ آس کی نظر اس "پہلی گلابی کرن" تک بھی جا پہنچی ہے جو پھیلے ہوئے اندھیرے میں سے پھوٹ رہی ہے۔

* * *

نرک کے دروازے سے

لگاتار دو سال فیل ہونے کے بعد جب تیسرے سال اشوک نے بی اے کا امتحان تیسرے درجہ میں پاس کیا تو متوسط درجہ کے نوجوان کی طرح اس کی زندگی میں کوئی دوراہا نہ آیا، مستقبل نے اس کے آگے سوالیہ نشانوں کی باڑ کھڑی نہ کی۔ اس نے محسوس نہ کیا کہ اس کی زندگی دلدل میں آ پھنسی ہے اور ہر لمحہ اس کے پاؤں دلدل میں دھنستے چلے جا رہے ہیں۔ وہ اب بھی بدستور پاؤں مار کر اپنی موٹر سائیکل سٹارٹ کرتا لے دوڑاتا اور اس کی رنگین ٹائی مال روڈ کی رومینٹک فضا میں پھڑ پھڑاتی چلی جاتی تھی وہ اپنے باپ کا اکلوتا بیٹا تھا اور اس کا باپ لاکھوں کی جائداد کا اکلوتا مالک تھا۔ رہنے کے لئے عالی شان کوٹھی تھی۔ پہننے کے لئے درجنوں سوٹ تھے اور حکم چلانے، گالیاں دینے کے لئے بہرے اور نوکر تھے۔

اشوک کو کبھی کوئی فکر نہ ستاتی۔ ہاں کبھی کبھی بار میں

بیٹھے بیٹھے وہ اپنا سر ہاتھوں میں تھام لیتا اور اس کی سگریٹ جل کر انگلیوں تک آ جاتی اور بیئر کے گلاس میں جھاگ بجھ کر پیلا پانی پڑا رہ جاتا۔ ایسے اوقات میں اس کے احباب بیئر کے گلاس بھر کر اور نئے سگریٹ سلگا کر اس کو دلاسا دیتے اور ان میں سے ایک اس کی ران پر ہاتھ مار کر کہتا "اماں بس یہی بات ہے جس کے لئے اتنا سر کھپا رہے ہو؟ تمہیں لڑکی ہی تو چاہیئے؟ یہ میرا ذمہ رہا۔ اب پیو۔ لو"۔ وہ گلاس تھام لیتا۔ اس کے ہونٹوں پر ایک ہلکی سی مسکراہٹ آتی اور چہرہ کے گرد سے سگریٹ کا دھواں یکدم چھٹ جاتا۔ اور اسی ہفتہ اس کے ساتھ ہوٹلوں میں ایک نئی لڑکی نظر آتی۔

اشوک کا باپ ٹھیکیدار تھا۔ وہ کیا کرتا تھا اور کس طرح کرتا تھا، اس سے اشوک کو کوئی سروکار نہ تھا۔ اس کے ذمہ بس دو کام تھے۔ دن کو موٹر سائیکل اٹھا کے کالج جانا اور شام کو ڈنر سوٹ پہن کر افسروں کو دعوت دینا، عورتیں پیش کرنا۔ اس کے بعد افسروں سے ٹھیکہ منظور کرانا اس کے والد کا کام تھا۔ اس لئے اشوک کی ہر شام رنگین اور رات خمار آلود ہوتی اور زندگی کی افسردگی اسے چھو نہ پاتی۔ لیکن پھر بھی کبھی کبھی اس کی

زندگی میں اکتاہٹ پیدا ہو جاتی اپنی رنگین شاموں کی یک رنگی سے اس کا من اُوب جاتا اور وہ کوئی نیا ہیجان، نیا تجربہ، نیا لمس پانا چاہتا۔ اُس کی نگاہیں کہیں اٹک جاتیں۔ کوئی جسم اس کی نگاہوں سے ٹکرا کر اس کے دل میں ہیجان پیدا کر دیتا اور وہ بار میں میز پر اپنا سر ہاتھوں میں تھام کر بیٹھ جاتا۔ اس کی زندگی انہیں الجھنوں کو سلجھانے میں گذر رہی تھی۔

اُن دنوں وہ کسی جج کی بیٹی کے عشق میں گرفتار تھا۔ اس کی شامیں ان ہوٹلوں میں، ان کلبوں میں اور ان پارٹیوں میں گذر رہی تھیں جہاں وہ جاتی تھی۔ اس نے انھیں دنوں ایک نئی کار بھی لی تھی۔ جو اسی ماڈل کی تھی جو اس لڑکی کے پاس تھی۔ اس کے تمام دوست بھی اس دُھن میں سرگرداں تھے کہ کسی طرح اس لڑکی سے تعلقات پیدا کئے جائیں مگر دو ماہ کی مسلسل کوششوں کے باوجود اشوک اس لڑکی سے تعلق قائم نہ کر سکا تھا۔ اس کی افسردگی اور شکست خوردگی بڑھ رہی تھی۔ اب وہ دن میں دو تین بار سوٹ بدلتا۔ دن بھر کار بھگائے بھگائے پھرتا۔ ہوٹل میں بیٹھ کر پیگ پر پیگ چڑھاتا اور دوستوں سے کہتا رہتا کہ وہ اس لڑکی کے بغیر جی نہ سکے گا۔ اسے وہ لڑکی چاہیئے وہ اس

لڑکی سے شادی کرے گا۔ اُس کی پرستش کرے گا۔ اس کے قدموں میں اپنا سر رکھ کر ہمیشہ ہمیشہ کے لئے اپنی زندگی اس کو سونپ دیگا۔ اس کی وحشت، جنون کی شکل اختیار کرتی جا رہی تھی اور اس کے دوست پریشان تھے۔ وہ اپنی سی کر کے ہار گئے تھے۔

ایک دن اسی جنونی کیفیت میں اشوک جب کوٹھی سے نکل کر باہر جا رہا تھا تو یکایک اس کو خیال آیا کہ بہت دنوں سے اس نے اپنے کوٹ میں پھول نہیں لگایا۔ اس کا اصول تھا کہ اپنی کوٹھی سے نکلتے وقت ایک پھول اپنے کالر میں لگاتا تھا اور اُس کو اس لڑکی کی زلفوں میں ٹانک دیا کرتا تھا جو ان دنوں اس کی شاموں کو رنگین بناتی تھی۔ اس نے موٹر سائیکل کو کھینچکر اسٹینڈ پر کھڑا کیا اور کوٹھی کے عقب میں باغ کی طرف گیا۔ کُود کر اُس نے جھاڑیوں کی نیچی باڑ کو پار کیا اور ان میں سے ہوتا ہوا اس طرف جانے لگا جدھر گلاب کے پھولوں کی کیاریاں تھیں۔ یکایک اس کی آنکھیں کسی چیز سے ٹکرائیں۔ ایک شعلہ سا اس کی آنکھوں میں لپک گیا۔ وہ رُک گیا۔ 'یہ کون؟' اور وہ اس کی طرف چلنے لگا——— 'پورن مالی کی لڑکی؟ مگر یہ کب سے اتنی جوان ہو گئی؟ میں نے اسے اب تک کیوں نہ دیکھا؟'

اور وہ اس کی طرف جانے لگا لیکن پورن مالی کی لڑکی لیلا نے اسے نہ دیکھا۔ پنڈلیوں سے اوپر شلوار چڑھائے ہوئے اور آدھی باہنوں کا کرتا پہنے وہ جھکی ہوئی پھولوں کی ایک کیاری میں پانی کاٹ رہی تھی۔ اس کا ڈوپٹہ دو رنا رنگی کے پیڑ پر ٹنگا ہوا تھا۔ اشوک اس کے بالکل قریب جا کھڑا ہوا۔ لیلا نے پھر بھی اسے نہ دیکھا۔ وہ بدستور پھاوڑا چلاتی رہی اور اس کا کمان کی طرح تنا ہوا ابھرا ابھرا جسم بار بار جھلکتا رہا۔ پھاوڑا چھوڑ کر جونہی اس نے اپنے ہاتھوں کو کولھے پر جما کر جسم کو سیدھا کرنے کے لئے انگڑائی لی، اشوک نے نہایت اطمینان سے اپنے بازو اس کے گرد ڈال دیئے۔ تڑپ کر لیلا پلٹی۔ اب وہ پوری طرح اشوک کے بازوؤں میں تھی اور اشوک کا چہرہ لیلا کے چہرے پر جھک رہا تھا۔ "سرکار" لیلا کے منہ سے نکلا۔ مگر اشوک نے اپنی گرفت اور مضبوط کرتے ہوئے کہا "نہیں یہ لفظ مجھے کہنے دو۔" "نہیں نہیں سرکار مجھے چھوڑیئے۔ ہم غریب آدمی ہیں۔" "تم غریب ہو؟ یہ جسم، یہ جوانی اور یہ عمر۔ کیا ابھی تک تم کو نہیں معلوم تمہارے پاس کیا دولت ہے۔ آؤ میں بتاؤں۔"

"مگر سرکار..." "کیوں تم ڈرتی ہو؟ اس لئے کہ میں سرکار ہوں

اور تم نوکر؟ میری سرکار آج سے تم بھی سرکار ہوگی، سمجھیں۔"

اور اس دن سے لیلا واقعی اپنے آپ کو سرکار سمجھنے لگی اشوک کے ہاتھوں اپنا سب کچھ لٹاتے ہوئے وہ ذرا بھی نہ جھجکی کیوں کہ اس کے مالک کا لڑکا نوکر کی لڑکی کے جسم کو چھوتے وقت ذرا بھی نہ جھجکا تھا۔ کیوں کہ اس نے یہ کہنے میں ذرا بھی جھجک محسوس نہ کی تھی کہ لیلا کے جسم میں سے رات رانی جیسی خوشبو آتی ہے۔ اس کے پاس رانیوں جیسا جسم ہے اور اشوک اسے اپنے جسم کیا، جان سے بھی الگ نہ کرے گا۔ لیلا نے اور کسی بات پر یقین کیا ہو یا نہ، مگر اس نے اس نے اس بات پر ضرور یقین کرلیا تھا کہ اشوک اب اُسے اپنے سے الگ نہ کرے گا۔ وہ ہمیشہ اُس کو دن میں تحفے لاکر دیا کرے گا اور رات کو کبھی اکیلی نہ چھوڑے گا۔

اشوک کا یہ رومانس اب خوب زور سے چل رہا تھا اب اسے جج کی بیٹی کے جسم میں وہ تمام خرابیاں نظر آنے لگی تھیں جو کسی عورت کے جسم میں نظر آسکتی ہیں۔ وہ اب لیلا کے عشق میں غلطاں تھا۔ اس کے دوست بھی اپنی پریشانی سے چھٹکارا پاچکے تھے لیکن انہیں دنوں ایک اور پریشانی جیسے لاہو کی

ساری فضا میں اپنے پر کھولنے لگی تھی۔ ہندوستان اور پاکستان کی بحث اب ہندو مسلم فساد کا روپ دھارن کر کے گل کھلا رہی تھی کبھی اِس محلہ میں آگ لگنے کی خبر آتی اور کبھی اُس علاقہ سے بم پھٹنے کی آواز آتی۔ اخبار تھے کہ چھرے بازی، آتش زدگی اور خوفناک جرائم کی خبروں سے بھرے پڑے تھے۔ اشوک کے والد کا ماتھا تو اسی دن ٹھنک گیا تھا جس دن اُسے ایک انگریز افسر نے جو صوبہ میں بہت بڑے عہدہ پر فائز تھا مشورہ دیا تھا کہ وہ دہلی چلا جائے کیونکہ پاکستان بننے والا ہے اور لاہور پاکستان میں شامل ہوگا۔ اس کی اپنے ایک مسلمان ٹھیکیدار دوست سے خط و کتابت ہو رہی تھی۔ جو دہلی میں تھا اور پنجاب کے اوپر والے علاقہ میں بسنا چاہتا تھا۔ جونہی لاہور اور امرتسر میں فسادات کی آگ زوروں پر آئی اور اخباروں میں پاکستان کی اسکیم کی منظوری کے متعلق خبریں آنی شروع ہوئیں اشوک کے پتا نے اپنے اُس مسلمان دوست سے جائداد کے تبادلے کے متعلق فیصلہ کر لیا۔ جس دن حکومت نے ملک کی تقسیم کے فیصلہ کا اعلان کیا اُسی دن اشوک کے والد نے اپنا سارا سامان باندھ کر دہلی کا رُخ کیا۔ اشوک کو بھی لاہور سے جانا تھا

لیکن وہ اپنے پتا کے ساتھ دہلی نہ گیا۔ اُس کے پتا نے بھی اس کو لاہور ہی میں چھوڑ دیا کیوں کہ گھر میں کافی سامان باقی رہ گیا تھا، اور سب سامان ایک دفعہ نہ جا سکتا تھا جس دن بیلا کو یہ خبر معلوم ہوئی کہ اشوک بھی لاہور سے جائے گا تو وہ اشوک سے چمٹ گئی "سرکار آپ ہمیں بھی اپنے ساتھ لے چلیے۔ ہمیں یہاں اکیلا نہ چھوڑیئے۔" اور اشوک نے اسے یقین دلایا کہ وہ اسے کبھی نہیں چھوڑ سکتا۔ وہ اسے اپنی جان کے ساتھ رکھے گا اور اس لئے جب اُس کے والد دہلی چلے گئے اور وہ اکیلا رہ گیا تو اُس نے بیلا کو اُسکے باپ کی جھونپڑی میں نہ رہنے دیا۔ اب وہ کوٹھی میں رہتی تھی۔ لیکن حالات بگڑتے گئے۔ اور جوں جوں آزادی کی تاریخ نزدیک آنے لگی فسادات کی آگ بھیانک اور بھیانک ہونے لگی۔ اشوک کے پتا گئے تھے دتی سامان رکھنے لیکن وہ لوٹ کر نہ آئے۔ صرف ایک دن اشوک کے نام تار آیا کہ وہ فوراً دہلی چلا آئے اور کوٹھی میں سامان کی حفاظت کے لیے بودن مالی اور اس کی بیٹی کو وہیں چھوڑ تا آئے۔

یہ تار ملتے ہی جیسے اشوک کی ایک بہت بڑی مشکل خود بہ خود حل ہو گئی جس مشکل سے نکلنے کی کوئی ترکیب نظر نہ آتی تھی

اور جس نے اشوک کی پچھلی تین راتوں کی نیند حرام کردی تھی، وہ خُود بہ خود حل ہوگئی۔ تین دن پہلے لیلا نے اس کے پاس لیٹے ہوئے بہت شرما شرما کر اور بہت خوش خوش ہوکر اسے بتایا کہ "اس کے کچھ ہوگا۔" اور لجا کر اپنا منہ اُس کی چھاتی میں چھپا لیا تھا۔ اس کی گداز باہیں اشوک کی گردن میں پڑی تھیں۔ لیکن اشوک کو محسوس ہوا جیسے اس کی گردن میں کسی نے مرا ہوا سانپ ڈال دیا ہے۔ وہ لرز اٹھا۔ یہ نہیں کہ اس کی زندگی میں ایسے موقعے نہیں آئے جب لڑکیوں نے مسکرا کر اور لجا کر یا روکر اور گڑگڑا کر اسے بتایا ہو کہ ان کے "کچھ" ہونے والا ہے۔ لیکن لیلا کی طرح کوئی لڑکی بھی اس کے اتنے نزدیک نہ تھی وہ لیلا سے چھٹکارا حاصل نہ کرسکتا تھا۔ گو وہ ایسی لیڈی ڈاکٹروں کو جانتا تھا جو لیلا کو پھر اس کے مطلب کی بنا سکتی تھیں، مگر اس مرتبہ یہ کام اتنا آسان نہ تھا۔

فسادات کی وجہ سے ایک مخدوش ابتری سی پھیلی ہوئی تھی وہ اس جھنجھٹ میں پھنسنا نہ چاہتا تھا۔ اس لئے تار ملتے ہی اشوک دہلی جانے کے لئے تیار ہوگیا۔ لیلا اس سے چمٹ کر خوب روئی۔ پورن نے بھی اس کے پاؤں پکڑ کر التجا کی کہ اس کو اور لیلا کو دہلی

لے جائے۔ لیکن اشوک ان کو برابر یہی دلاسا دیتا رہا کہ وہ صرف ایک دن کے لئے دہلی جا رہا ہے اور واپس آکر ان کو اپنے ساتھ لے جائے گا۔ اس نے ان کی مزید تسلی وتشفی کے لئے انکو بتایا کہ وہ اپنا کچھ بھی سامان نہیں لے جا رہا اور آخر یہ کیسے ہو سکتا ہے کہ وہ اتنا سامان لاہور ہی میں چھوڑ دے؟

اشوک دہلی آیا تو جیسے اس کو ایک بلا سے مکتی مل گئی۔ آخر وہ اس مالی کی چھوکری کو کہاں کہاں لئے پھرتا اور کس ڈاکٹر کے پاس لے جاتا؟ مفت میں بدنامی ہوتی۔ اس لئے خوشی خوشی اشوک ہوائی جہاز سے اُتر کر ٹیکسی میں بیٹھا اور اپنے والد کی نئی کوٹھی پر جا پہنچا۔ کوٹھی میں پہنچ کر اس نے دیکھا کہ سب کچھ پہلے جیسا ہے۔ ویسی ہی عالی شان کوٹھی۔ ویسا ہی قیمتی فرنیچر۔ کھڑکیوں میں اُڑتے ہوئے ویسے ہی ریشمی پردے۔ اگلے دن لاہور کی طرح اس کی موٹر سائیکل کی آواز کوٹھی کے باہر احاطے میں گونج رہی تھی۔ صرف ایک چیز کی کمی تھی۔ یہاں کے مالی کی کوئی لڑکی نہ تھی۔

شاید اسی لئے دو چار دن بعد اشوک کو خیال آیا کہ وہ لیلا اور اس کے باپ کو لے آئے۔ جب تک یہاں کسی سے

واقفیت نہیں ہوتی اور رومانس کی دوسری سبیل نہیں نکلتی، لیلا کیا بُری ہے؟ ۔ آخر دو چار دن کے اندر اندر اس کا علاج کیا جا سکتا ہے۔

اشوک نے کئی بار سنجیدگی سے اس پر سوچا۔ دہلی میں انجان ہونے کی وجہ سے اس کی زندگی بے کیف گذر رہی تھی۔ اس کے والد بھی اپنے تعلقات نہ بڑھا سکے تھے۔ شام کو ایک ہوٹل سے دوسرے ہوٹل میں اکیلے مارے مارے پھرنا، اشوک اس زندگی کو برداشت نہ کر سکتا تھا۔ اس نے اپنے دل میں سوچا۔ ایک دن میں تعلقات پیدا نہیں ہو جائیں گے۔ وقت لگے گا۔ اس پر اگر جج کی لڑکی جیسی کسی منحوس سے پالا پڑ گیا تو بس گھٹتے گھٹتے آدھی عمر ختم ہو جائے گی۔ اس لئے لیلا سے زندگی کا یہ خلا تو باآسانی پُر کیا جا سکتا ہے، لیکن ایسا کرنا اب ممکن نہ تھا۔ لاہور کے لئے ریل کا سلسلہ بگڑ گیا تھا۔ ریلوں میں قتل عام کی وارداتیں ہونے لگی تھیں۔ اس نے ہوائی جہاز سے جانے کا قصد کیا، لیکن پھر سوچا کہ آخر وہاں جانے کی ضرورت کیا ہے؟ خواہ مخواہ جان جوکھم میں کیوں ڈالی جائے۔ آخر دہلی بھری پڑی ہے۔ یہاں کیا دلچسپی کا سامان ہی پیدا نہیں ہو سکتا؟ اس نے

اپنی اس حماقت پر خود ہی ایک قہقہہ لگایا اور لیلا کے خیال کو دل سے نکال دیا۔

اس کے بعد جیسے قیامت ہوگئی۔ سب کچھ الٹ پلٹ ہوگیا۔ ملک کی تقسیم کے بعد جیسے زمین نے بھی کروٹ لے کر ان لوگوں کو ختم کرنا شروع کردیا جو مذہب کی بنیاد پر، اُن سرزمینوں پر نہیں رہ سکتے تھے جن میں اُن کی سات پشتیں گذری تھیں۔ خاندان کے خاندان تباہ ہوگئے —— لیکن اشوک کی زندگی اس طوفان سے بھی محفوظ رہی۔ بلکہ اس طوفان کی بدولت اس کے پتا اور اس کی زندگی کا بادبان تن گیا۔ دہلی میں شرنارتھیوں کا سیلاب آگیا تھا۔ اشوک کے پتا ان کے نمائندہ بن گئے تھے۔ اب اُن کا شمار شرنارتھیوں کے بڑے اور پُرجوش لیڈروں میں ہونے لگا تھا۔ ان کو کئی شرنارتھی کیمپوں کے ٹھیکے مل گئے تھے اور وہ اس کمیٹی کے ممبر بن گئے تھے جو شرنارتھیوں کو مکان دلانے اور مدد دینے کے لئے بنائی گئی تھی۔ اشوک کو بھی اب شغل مل گیا تھا۔ اسکی زندگی کی بے کاری، اُداسی، بے رنگی دُور ہوگئی تھی۔ وہ اب اس جماعت کا سرکردہ رکن تھا جو اُن عورتوں کو نکالنے کے لئے بنائی گئی تھی جو فسادات کے دوران میں

اغوا کرلی گئی تھیں۔ اُسے یہ کام بے حد پسند آیا۔ اوّل تو اس کام میں اس کے تعلقات عورتوں کی کئی انجمنوں سے ہو گئے۔ دوسرے اس کے پاس عورتوں کے اغوا، زنا بالجبر اور عصمت دری کی رپورٹیں آتیں جن سے اُسے ذہنی لذّت حاصل ہوتی۔ اسکے بعد وہ عورتیں آکے اپنے درد کی داستانیں کہتیں، مدد کی التجائیں کرتیں اور اس توقع میں کہ وہ انہیں مکان دلوادے گا، اپنا سب کچھ دینے کے لئے تیار ہو جاتیں۔

اب اشوک کو لاہور جانے کا بھی موقع ملتا رہتا تھا جگومت کے نمائندے کی حیثیت سے لاہور میں اُسے حفاظت کے لئے سپاہی ملتے تھے۔ وہ لاہور سے اپنا باقی ماندہ سامان بھی لے آیا تھا لیکن لیلا اسکا باپ پورن اُسے کہیں دکھائی نہ دئے۔ وہ کہاں گئے؟ کدھر گئے؟ مرے یا زندہ بچ گئے، اِس کا کچھ علم نہ تھا۔ اشوک کو قدرے سکون ہوا کہ چلو قصّہ پاک ہوا۔ لیکن ضمیر کو تھپک کر سُلانے کے لئے اُسے اپنے آپ کو یہ بات کئی دفعہ سمجھانی پڑی کہ لیلا اور پورن کو کچھ نہیں ہوا ہوگا وہ بخیر و خوبی ہندوستان پہنچ گئے ہوں گے۔ اُس نے اپنے ضمیر کو مطمئن کرنے کے لئے یہ بھی تہیّہ کر لیا تھا، کہ اگر لیلا

اور پورن اسے مل گئے تو وہ اپنے پتا سے سفارش کرکے ان کو ضرور اپنے یہاں نوکر رکھوالے گا۔

اشوک اب اغوا شدہ عورتوں کو برآمد کرنے کے کام میں لگا رہتا۔ دہلی سے امرتسر۔ امرتسر سے لاہور اور لاہور سے ان شہروں، قصبوں اور گاؤں میں جہاں یہ پتہ چلتا کہ وہاں اغوا شدہ عورتیں ہیں۔ وہ اغوا شدہ عورتوں کو برآمد کرنے والی جماعت کا سرکردہ کارکن مشہور ہوگیا تھا۔ اس سلسلے میں اس نے ناری جاتی کی جتنی خدمت کی اور مظلوم عورتوں اور بچوں کو نکالنے میں جس بہادری اور جس قوم پرستی کا ثبوت دیا اس کا چرچا اس جماعت کے ہر ایک عورت اور مرد کی زبان پر تھا۔ کئی مرتبہ تو ایسا ہوا تھا کہ کسی گاؤں میں کسی ہندو یا سکھ عورت کا پتہ ملا، کارکن وہاں گئے، گاؤں والوں کو سمجھایا، خوشامدیں کیں، مذہب اور انسانیت کا واسطہ دیا، پر وہ عورت دینے پر تیار نہ ہوئے۔ پھر دوبارہ پاکستان کے کارکنوں کی مدد لی گئی۔ مگر ان کی بھی کسی نے نہ سنی۔ جماعت کے کارکن نراش لوٹ آئے اور انھوں نے ہیڈ کوارٹر میں آکر رپورٹ کی کہ فلاں عورت برآمد نہیں کی جاسکتی۔ لیکن اشوک کو جب اس بات

کا پتہ چلا تو اس نے زمین پر پیر مار کر کہا" وہ عورت آئے گی، اور ضرور آئے گی۔ ہماری بہنوں کے ساتھ یہ حیوانی ظلم برداشت نہیں کیا جا سکتا۔ میں جاؤں گا، میں خود برآمد کر کے لاؤں گا اپنے دیش کی ماں اور بہنوں کو۔" اور ہوتا بھی ایسا ہی تھا کہ وہ عورتوں کو نکال لانے میں کامیاب ہو جاتا تھا۔ دوسرے ملک میں بھی وہ اپنی بات پر اڑ جاتا اور اُس ملک کے کارکنوں اور پولیس کی مدد سے اس عورت کو برآمد کر کے ہی رہتا۔

ایک دن اس کو رپورٹ ملی کہ جو پارٹی کموک میں ایک عورت کو برآمد کرنے گئی تھی، ناکامیاب ہو کر لوٹ آئی ہے۔ وہ فوراً اٹھ کھڑا ہوا، اس کے خون میں شعلہ سا بھڑک اٹھا۔ یہ کس طرح ممکن ہو سکتا تھا کہ پتہ لگنے کے باوجود عورت کو برآمد نہ کر سکیں۔ وہ خود جا کر اس عورت کو برآمد کرے گا۔

اگلے دن جماعت کی میٹنگ ہوئی۔ اشوک نے کیس کی پوری پوری تفصیلات معلوم کیں، کارکنوں نے خبر دی تھی کہ کموکہ میں ایک قصائی کے یہاں، ایک ہندو عورت ہے جس کا اغوا کیا گیا تھا۔ پارٹی نے تحقیقات شروع کی اور ایک پارٹی قصبہ میں گئی۔ مگر اس قصائی نے عورت کے متعلق کچھ

بتانے یا اس عورت سے ملاقات کا موقع دینے سے صاف انکار کر دیا۔ اُس کا کہنا تھا کہ جو عورت اس کے گھر میں ہے اُس نے فسادات سے پہلے اپنا مذہب تبدیل کر لیا تھا اور اپنی مرضی سے نکاح کیا ہے۔

اشوک نے فوراً پارٹی بنائی اور اپنا پروگرام بنا کر تیسرے دن امرتسر سے لاہور جا پہنچا۔ وہاں اُس نے اعلیٰ افسروں سے ملاقات کی۔ اُن کے آگے کیس کی پوری پوری تفصیلات پیش کیں۔ کموک جانے کا اجازت نامہ حاصل کیا۔ ان کے کارکنوں کو ساتھ لیا اور پولیس کی امداد کے لئے پروانہ حاصل کر کے کموک روانہ ہو گیا۔

کموک کا پولیس آفیسر بہت نیک تھا۔ گو اشوک اس بات پر مُصر تھا کہ اس قصائی کے گھر پر جا کر تحقیقات کی جائے مگر اُس نے اشوک کو ذرا صبر اور ضبط سے کام لینے کا مشورہ دیا۔ اس نے قصائی اور اس کی عورت کو حراست میں لے کر تھانے میں بُلوا لیا، تاکہ لوگوں میں اشتعال پیدا نہ ہو اور تمام کارروائی نہایت ہوشیاری اور خاموشی سے ہو جائے۔

قصائی کو دفتر میں بٹھا دیا گیا۔ اور اس کی عورت کو اُوپر

اُس کمرے میں بھیج دیا گیا جو اعلیٰ افسروں کے قیام کے لئے مخصوص تھا۔ اشوک کو اس بات کی اجازت دی گئی کہ وہ اس عورت سے باتیں کرے۔ اشوک کمرے میں داخل ہوا۔ کمرے کے بیچ میں ایک پردا ٹنگا ہوا تھا۔ اشوک نے اندر داخل ہوتے ہی کہا: "جے ہند"

یہ اس کا بڑا آزمودہ حربہ تھا کیونکہ "جے ہند" سنتے ہی اگر وہ عورت ہندو ہوتی تھی یا حالات کی وجہ سے وہ ہندو ہونا ظاہر نہ کرنا چاہتی تو بھی اس کے منہ سے "جے ہند" نکل جاتا تھا لیکن پردے کے دوسری طرف سے کوئی جواب نہ آیا۔

اشوک نے کچھ دیر رک کر کہا: "آپ ڈریئے نہیں ہم آپ کے بھائی بند ہیں۔ آپ کو لینے آئے ہیں۔ آپ بلا خوف اپنا نام اور پتہ یعنی اپنا اصلی نام اور ماتا پتا کا نام بتا دیجئے۔ ہم اِسی وقت آپ کو لے جائیں گے۔ بولیئے؟...... بتایئے، آپ بالکل نہ ڈریئے۔ دیکھئے ہم آپ کی خاطر ہی یہاں تک آئے ہیں"

اشوک نے جواب کا انتظار کیا۔ جواب نہ آیا۔ لیکن پردے کو ہلکی سی حرکت ہوئی۔ ایک آنکھ چمکی اور پھر ایک ساتھ کیا ہوا اشوک کو پتہ نہیں۔ صرف اس کے کانوں نے سُنا: "سرکار" اور اس کے منہ سے نکلا "لیلا" اور اس کا دماغ کسی تیز رفتار موٹر کے

پہیئے کی طرح گھومنے لگا کچھ لمحے بعد جب اسے ہوش سا آیا تو اس نے دیکھا لیلا اس کے پاؤں پکڑے زار زار رو رہی تھی" سرکار مجھے اپنے ساتھ لے چلیئے۔ ابھی اپنے ساتھ۔ پھر وہاں سے جاکر چاہے مجھے گولی مار دیجیئے گا۔ میری کھال کھنچوا کر جوتی بنوا لیجیئے گا۔ میں گندی ہوگئی ہوں۔ آپ کے مطلب کی نہیں رہی۔ انہوں نے مجھے مٹی کھلائی ہے۔ میرا دھرم بدلا ہے۔ میری عزّت لوٹی ہے۔ پر اس میں میرا قصور نہیں ہے۔ باپو نے مجھ سے کہا تھا کہ لیلا تیرے سرکار اب نہیں آیئں گے۔ اب کہیں بھاگ چل ورنہ بدمعاش لوگ تجھے مار ڈالیں گے لیکن میں نے ایک نہ سُنی۔ آخری دم تک کوٹھی کے اندر ہی آپ کی آس کرتی رہی۔ آخر انہوں نے مجھے پکڑ لیا اور میں یہاں لائی گئی۔ پہلے کئی دنوں تک کھانا نہ کھایا۔ انہوں نے مجھے مارا پیٹا۔ زبردستی میری عزّت لوٹی اور .... اور"—— لیلا نے اپنے کرتے کے بٹن کھول دیئے" دیکھو سرکار انہوں نے زبردستی میرے یہاں پر چاند تارے گدوائے اور یہاں بھی"—— لیلا اپنی شلوار کے پائینچے اٹھانے کے لئے جھکی۔

اشوک نے جھپٹ کر اس کا ہاتھ پکڑ لیا" بس بس لیلا

بھگوان کے لئے خاموش ہو جاؤ۔ ورنہ میں پاگل ہو جاؤں گا۔ میرا دماغ پھٹ جائے گا۔"

اشوک کے جسم سے بُری طرح پسینہ چھوٹ رہا تھا۔ اس کا جسم کانپ رہا تھا۔ اسے ساری دنیا تہ و بالا ہوتی معلوم ہو رہی تھی۔ وہ جانے لگا مگر لیلا اس سے چمٹ گئی۔

" سرکار اس بار تم نہیں جا سکتے۔ تم مجھے چھوڑ کر نہیں جا سکتے۔ میں یہیں سر پھوڑ کر مر جاؤں گی۔ سرکار مجھے اور میرے باپو کو اس نرک سے نکال لو۔"

" تمہارے باپو کو؟ کون پُورن؟ کیا پورن بھی یہیں ہے؟"

اشوک کا گھومتا ہوا دماغ جیسے کسی نقطہ پر آ کر رک گیا۔

" ہاں سرکار وہ بھی میرے ساتھ ہے۔ وہ اب اسی قصائی کے مانس کے ٹوکرے ڈھوتا ہے۔ سرکار اس کا جنم بڑا دکھی ہے وہ مر جاتا۔ اس نے مجھے بھی مارنے کی کوشش کی تھی۔ پر انہوں نے آکر پکڑ لیا۔ اب وہ جیتا ہے۔ صرف میرے لئے..... صرف....... " اور لیلا کی پھر ہچکی بندھ گئی۔

اشوک کو چند لمحات مل گئے۔ اس کے دماغ نے کام کرنا شروع کر دیا۔ یکایک جُھک کر اس نے لیلا کو اٹھا لیا۔

اس کو اپنی چھاتی سے لگا کر چوما۔ لیلا میں تم کو لے جاؤں گا۔ میں ضرور تم کو لے جاؤں گا۔ تم میری ہو، میری۔"

یہ سنتے ہی لیلا کے آنسوؤں کا فوارہ زور سے پھوٹ پڑا۔ اس کی روح کی گہرائیوں سے ایک سسکی نکلی۔ جیسے کسی نے اس کی روح سے کانٹا کھینچ کر نکال لیا۔۔۔ "میرے سرکار"!

لیکن اشوک نے فوراً اس کا منہ اوپر اٹھا کر کہا۔ لیلا اگر تم چاہتی ہو کہ میں تم کو نکال لے جاؤں تو عقلمندی سے کام لو، آنسو پونچھ ڈالو، خاموش ہو جاؤ۔"

اشوک نے اپنے ہاتھوں سے لیلا کے آنسو پونچھے۔ لیلا کی آنکھوں میں دوبارہ آنسو نہ آئے صرف ایک زخمی ہرنی سی آنکھوں سے جھانکتی رہی۔

"دیکھو لیلا تم کو دو کام کرنے ہوں گے۔ تم کسی سے نہ کہو گی کہ ہم ایک دوسرے کو جانتے ہیں۔ تم پورن کو بھی میرے ملنے کی بات نہ کہو گی۔ دوسرے یہ کہ تم چپ چاپ اس وقت اپنے گھر کو واپس لوٹ جاؤ گی۔"

"کیوں؟۔۔۔۔۔۔ کیا تم اپنے ساتھ نہیں لے جاؤ گے"؟

لیلا کے آنسوؤں اور اس کی چیخوں کا بند پھر ٹوٹنے والا تھا کہ

اشوک نے اس کو جھنجھوڑ کر کہا ــــــــــــ

"لیلا اگر تم چاہتی ہو کہ میں پورن کو بھی نکال لے چلوں تو تم کو اس وقت لوٹنا ہوگا۔ لیکن اگر تم اپنے باپ کی خاطر رکنا نہیں چاہتیں اور اس کو نرک میں چھوڑنا چاہتی ہو تو ...."

"نہیں نہیں سرکار ایسا نہ کہو" لیلا کی آنکھوں سے خون کے آنسو بہ نکلے "میں اپنے باپو کے لئے ساری عمر اس نرک میں رہ سکتی ہوں میں اس کے لئے گھر واپس لوٹ جاؤں گی۔ ــــــــ پر کتنے دن مجھے اور اس نرک میں رہنا پڑے گا سرکار؟"

"پندرہ دن"

اس کے بعد تم ہم دونوں کو لے جاؤگے نا"

"ہاں"

"تم آؤگے نہ؟"

"ہاں ہاں"

"تم ضرور آنا سرکار، میں کسی اور کے ساتھ نہیں جاؤں گی"

"اچھا"

"پر دیکھو کہیں پہلے کی طرح مجھے چھوڑ کر نہ بھول جانا"

"لیلا" اشوک کے لہجہ میں جیسے پتھر کڑکڑائے۔ اُس نے شعلہ بار

نگاہوں سے لیلا کی طرف دیکھا۔

"ناراض مت ہو سرکار۔ مجھ پر ناراض مت ہو۔ میں تمھارے پاؤں پڑتی ہوں، مجھے ہوش نہیں ہے۔ میں اب کچھ نہیں کہوں گی خاموش رہوں گی، بالکل خاموش، اس دن تک جس دن تک تم لوٹ کر نہیں آؤ گے۔ مجھے اور میرے باپو کو لینے ——— میں گھر لوٹ جاؤں گی۔ تم بھی چلے جاؤ۔ پر دیکھو جلدی آنا۔ تم نے مجھے آس دی ہے۔ اب تو میں مر بھی نہ سکوں گی سرکار ——— میں جاتی ہوں ——— اس دن کے لئے جس دن تم......"

لیکن اشوک نے اسکی بات بھی پوری نہ ہونے دی۔ وہ ایک ساتھ دو دو تین تین سیڑھیاں پھلانگتا نیچے اتر گیا اور اُسی وقت کموک سے لوٹ گیا۔

ہیڈ کوارٹر پہنچ کر اس نے ایک رپورٹ تیار کی جو اس طرح تھی۔

میں خود اس عورت سے گفتگو کرنے اور اسے دیکھنے کے بعد میں اس نتیجے پر پہنچا ہوں کہ وہ :-

(۱) عورت ہندو تھی۔

(۲) لیکن اسے اغوا نہیں کیا گیا۔

(۳) اس نے فسادات سے بیشتر ہی اپنا مذہب تبدیل کر لیا تھا۔

(۴) قصائی سے اُس کا نکاح جبری نہیں تھا۔

(۵) وہ واپس آنے کے لئے رضامند نہیں ہے۔
(۶) وہ عورت اُس درجہ اور اُس طبقہ کی نہیں ہے، جس طبقے کی عورتوں کو برآمد کرنے کے لئے ہماری سرکار پاکستان کی سرکار پر دباؤ ڈال سکتی ہے۔ اس لئے ....
(۱) یہ کیس فائل سمجھا جائے۔
(۲) اس عورت کو برآمد کرنے کے سلسلے میں مزید کارروائی نہ کی جائے۔
(۳) حکومت کی طرف سے کموک کے پولیس افسر کی فرض شناسی اور اس کے تعاون کو سراہا جائے اور ایک چٹھی بھیجی جائے تاکہ بین المملکتی تعلقات خوش گوار بنانے میں مدد ملے۔

جوالا مکھی سلگ رہا ہے

بڑی دوڑ دھوپ اور پریشانی کے بعد اُما کے شوہر کو لودی روڈ کالونی میں ایک کمرہ مل گیا۔ کمرہ خاصا بڑا، صاف ستھرا اور ہوادار تھا۔ اس کے دونوں طرف برآمدہ تھا۔ سامان رکھنے کے اسٹور تھا جس میں کوئلہ، راشن اور برتن بھانڈے رکھنے کے لیے کافی جگہ تھی۔ شہر سے سارا سامان وہاں لے جا کر اور اسے ترتیب سے جما کر جب دونوں نے کمرے کا جائزہ لیا تو انھیں کچھ فخر کا احساس ہوا۔ فخر کی بات بھی تھی۔ اس زمانے میں جب لوگ سڑکوں کے کنارے رہتے ہیں اور سڑکوں کے کنارے بنی ہوئی جھونپڑیوں کی بھی پگڑی لی، دی جاتی ہے، ان لوگوں کو بغیر پگڑی دیئے بنا معقول کرائے پر لودی روڈ کالونی میں ایک کمرہ مل گیا تھا۔

لودی کالونی میں تین طرح کے کوارٹر ہیں۔ افسروں کے لئے تین کمرے والے۔ کلرکوں کے لئے دو کمرے والے اور چپڑاسیوں کے

دفتریوں کے لئے ایک کمرہ والے۔ چپڑاسیوں کے کوارٹروں کی ایک خوبی یہ ہے کہ ان میں روشنی کا کوئی انتظام نہیں ہے۔ بجلی صرف اوّل الذکر دو قسم کے کوارٹروں میں ہے۔ یہ کوئی غیر معمولی بات نہیں ہے۔ اس نظام کا بنیادی اصول ہی یہ ہے کہ نچلے طبقے کو اندھیرے میں رکھا جائے، اور روشنی نہ دی جائے۔

یوں تو یہ کالونی سرکاری نوکروں کے لئے بنائی گئی تھی آج بھی وہاں کے کوارٹر سرکاری نوکروں ہی کو الاٹ کئے جاتے ہیں لیکن وہاں ہر وہ شخص رہ سکتا ہے جو مکان دار کو کرایہ کی خاصی رقم دے سکتا ہے۔ اگر آپ ۲۰۰ روپیہ ماہوار دے سکتے ہیں تو آپ کو سارا کوارٹر مل سکتا ہے۔ مکاندار بیوی بچوں کو ماں باپ کے پاس بھیج کر کسی چپڑاسی کے ساتھ اس کے کوارٹر میں گذر کرے گا۔ اگر آپ ۹۰ روپے ماہوار دینا چاہیں تو آپ کو کوارٹر کا بڑا کمرہ اور رسوئی مل جائے گی اور مکاندار سامان و بچوں کو لے کر چھوٹے کمرے میں چلا جائے گا اور اس کی بیوی برآمدے میں کھاٹ کی آڑ بنا کر رسوئی بنا لیا کرے گی۔ غرض یہ کہ آپ کے پاس پیسہ ہونا چاہیئے، آپ ان درمیانہ طبقے کے بابوؤں سے جن کی تنخواہیں کم ہیں اور جن کے اخراجات بڑھتی ہوئی قیمتوں اور پھیلتے ہوئے بلیک مارکیٹ کے

طفیل سے بے قابو ہو رہے ہیں، اُن کے کوارٹرز لے سکتے ہیں۔ اُن کی بیویوں سے رسوئی چھین سکتے ہیں اور ان کے بچوں سے گرمیوں میں سونے کے لئے کھلی چھت جھپٹ سکتے ہیں۔ صرف آپ کے پاس پیسہ ہونا چاہیئے۔ پھر آپ کو کوئی پرواہ نہیں —— اور یہ نظام اور بلیک مارکیٹ سلامت رہے، لکشمی کا باس آپ کے گھر میں رہے گا

لیکن لودی کالونی کا بیان، ان رفیوجیوں کا ذکر کئے بغیر ادھورا ہی رہے گا جو ہندوستان کے ہر حصے میں، ہر بستی میں اور ہر سڑک کے کنارے پر بکھرے نظر آتے ہیں۔ یہاں بھی رفیوجی ہیں۔ کوارٹروں کے پوربی سرے پر ایک لمبی سڑک ہے جو مرحوم کوٹلہ مبارک شاد کو جاتی ہے۔ یہ سڑک شروع شروع میں بالکل سنسان پڑی رہتی تھی اور اس کے دوسری طرف گھنی جھاڑیاں تھیں جن میں رات کے وقت گیدڑ رویا کرتے تھے۔ لیکن آج یہاں گیدڑوں کے بجائے آدمیوں کا شور سنائی دیتا ہے اور جس مخلوق نے گیدڑوں سے ان کے خلوت کدے چھینے ہیں، وہ رفیوجیوں کے علاوہ اور کوئی نہیں ہیں۔

ہاں، اب اس سڑک کے دونوں طرف ایک سرے سے لیکر دوسرے سرے تک ہزاروں جھونپڑیاں اینٹ، پتھر، لکڑی

چٹائی۔ سرکی۔ بوری اور خدا جانے کس کس چیز سے بنا کر کھڑی کی گئی ہیں۔ یہ جھونپڑیاں، مکان بھی ہیں اور دوکانیں بھی۔ ان میں ڈاکٹر بھی بیٹھتے ہیں اور بھڑ بھوجے بھی بھاڑ جھونکتے ہیں۔ اور شاید اسی وجہ سے اس سڑک کا نام ریفیوجی مارکیٹ پڑ گیا ہے

اس ریفیوجی مارکیٹ میں کفن سے لے کر ریشمی کپڑا تک سب کچھ بکتا ہے۔ اور خالصہ جاریہ پائی اسٹور سے لے کر "راما آئرن اینڈ اسٹیل ورکس" تک ہر قسم کے کارخانہ جات دکھائی دیتے ہیں۔ اس مارکیٹ میں سج دھج نہیں ہے۔ بجلی کے قمقمے یا شیشے کے شوکیس نہیں ہیں جن میں خوبصورت عورتوں کے مجسمے آپ کی آنکھوں کو لبھالیں۔ یہاں محنت کا کھیل ہے۔ زندگی کی جدوجہد کا ننگا اور توانا روپ ہے۔ یہاں زندہ اور باہمت انسان بھوک اور موت کے خلاف بے یارومددگار شب و روز لڑتے نظر آتے ہیں۔

ان دکانوں کی پچھلی طرف بھی جدوجہد جاری ہے۔ جو جھونپڑیاں سامنے سے دوکان نظر آتی ہیں، پیچھے سے مکان ہیں۔ میں نے انہیں مکان اس لئے کہا ہے کہ وہاں عورتیں بے پردہ بیٹھی رہتی ہیں اور بچے ننگے لوٹتے رہتے ہیں۔ ورنہ وہ مکان نہیں

ہیں وہ بھی دوکانیں ہیں۔ جہاں مردوں کے بجائے عورتیں بچیاں اور لڑکے محنت کرتے ہیں۔ جہاں دوکان پر بیچنے کے لئے ٹوکریاں بنائی جاتی ہیں کھاٹیں بُنی جاتی ہیں۔ مسالے کوٹے جلتے ہیں۔ اچار ڈالے جاتے ہیں۔ مٹھائیاں بنائی جاتی ہیں۔ اور پکوڑے اتارے جاتے ہیں——

جھونپڑیوں کے انہیں آدھے حصوں میں، جن میں جگہ نہیں، پردہ نہیں دھوپ ہوا اور بارش سے بچاؤ نہیں۔ سب کچھ ہوتا ہے: تنگ، بے پردہ، بے سایہ، غلیظ جھونپڑیوں کے ایک کونے میں شرمیلی دلہنیں سکڑ کر اپنی سہاگ رات منا لیتی ہیں۔ یہیں رات بھر جوان بہنیں، ور بیٹیاں سانس روکے پڑی رہتی ہیں۔ یہیں بچے پیدا ہوتے ہیں اور یہیں مرنے والوں کو کھاٹ سے زمین پر اتارا جاتا ہے —— یہیں بچے ٹٹی کرتے رہتے ہیں اور یہیں کنواری لڑکیاں اکڑوں بیٹھ کر اور دھڑ کو رانوں سے ملا کر پیٹھ پر پانی ڈال لیتی ہیں—— غرض یہ کہ انہیں جھونپڑیوں میں بچپن کھیلتا ہے، جوانی جلتی ہے اور بڑھاپا روتا ہے۔

اُما نے یہاں آنے کے اگلے دن ہی یہ سب کچھ دیکھ لیا تھا۔ صبح کو جب وہ سو کر اٹھی تھی تو سورج نہ نکلا تھا۔ آسمان پر پو کی سرسوں پھُولی ہوئی تھی۔ ایک عجیب موہنی سی آسمان پر چھائی ہوئی تھی۔

وہ بستر سے اٹھ کر کھڑکی پر آ کھڑی ہوئی اور باہر جھانکا۔ لیکن جونہی اس کی آنکھیں باہر کے منظر پر پڑیں، وہ جھینک کر پیچھے ہٹ آئی۔ شرم سے اس کی یہ ہمت نہ ہوئی کہ ایک بار پھر باہر دیکھے ——

—— باہر سڑک کے پار جہاں جھاڑیاں اُگی ہوئی تھیں، وہاں کھلے میدان میں سینکڑوں عورتیں اور مرد بیٹھے ہوئے تھے۔ انہوں نے سڑک کی طرف اپنی پیٹھیں کر رکھی تھیں اور بیٹھے رفع حاجت کر رہے تھے۔ اُما شرم سے ٹوٹ سی گئی۔ اُوہ اتنی بے پردگی —— اتنی بے حیائی۔ یہ عورتیں ایسا کرنے سے پہلے زمین میں کیوں نہ گڑھ گئیں۔ وہ بہت دیر تک بستر پر پڑی اس منظر کو اپنی آنکھوں سے ٹالنے کی کوشش کرتی رہی لیکن اسے بار بار ناکامی ہوتی اور یہ منظر کسی موذی بھوت کی طرح اس کے سامنے آ کھڑا ہوتا۔ اس کا دل ان عورتوں کے لئے نفرت سے بھر گیا۔

لیکن جیوں جیوں وقت گذرنے لگا اُما کے دل میں ان عورتوں کے لئے نفرت کم ہونے لگی۔

اب وہ اپنی کھڑکی سے ان عورتوں کو میدان میں لوٹا لئے بیٹھے دیکھتی، جھونپڑیوں کے آگے سب کو اردگرد والوں کی نظروں کے سامنے ننگی نہاتے دیکھتی، لیکن اس کے دل میں نفرت پیدا نہ

ہوتی ۔ وہ الٹا ان کی حمایت کرتی ۔ اس دن تو وہ اپنے شوہر سے لڑ بھی پڑی تھی "ہاں' یہ عورتیں اپنا جسم دکھاتی پھریں گی ——— یہ بازاروں میں ننگی پھریں گی ——— یہ شرم کو اتار کر اس طرح پھینک دیں گی جیسے تم لوگوں نے اپنی مردانگی، شرافت اور انسانیت کو اتار کر پھینک دیا ہے ۔ یہ دنیا کو دکھلا دیں گی کہ جس نظام کی برکتوں کے گیت گاتے گاتے تم لوگ نہیں تھکتے' اس کا اصلی اور ننگا روپ یہ ہے ۔ اس میں عورت کی عزت اور اس کی عصمت کی قدر اس طرح کی جاتی ہے ۔"

اس کا منہ سرخ ہو گیا' اس کی آنکھوں میں باغی نگاہیں ڈھلنے لگی تھیں ۔ آخر یہ عورتیں، یہ شرمیلی دلہنیں اور کنواری لڑکیاں کیا کریں ؟ اگر جھونپڑی میں کپڑے بدلنے کے لیے جگہ نہیں، اگر آڑ کے لئے ایک پھٹا دوپٹہ نہیں، اگر پاخانہ نہیں، غسل خانہ نہیں تو یہ کیا کریں ؟ زمین کھود کر اس میں گڑ جائیں یا اڑ کر بادلوں کے پیچھے چلی جائیں ؟' ——— ایک دن اسے حیدرا نے جو اس کے یہاں برتن مانجھنے آتی تھی' بتایا تھا ——— "بی بی جی! ایک دن کی بات ہو ——— دو دن کی بات ہو لیکن ہمیں تو سارا جنم یونہی سڑکوں کے کنارے کاٹنا ہے ——— کب تک شرم کریں ؟ کہاں

تک شرم کریں ؟ —— جب میں اس جھونپڑی میں بیاہی آئی تھی تو آٹھ دن تک میں اپنے میاں کے ساتھ نہ بولی تھی —— جہاں وہ مجھے چھوتا تھا میں کھاٹ سے اُتر کر زمین پر بیٹھ جاتی تھی۔ ساس سسر نند اور دیور سب منھ پھیرے پڑے رہتے تھے۔ پر میں جانتی تھی کہ سب سانس روکے پڑے ہیں۔ ان کے جسم یونہی اُکڑ کر بے حس و حرکت پڑے ہیں۔ میں اتنی بے حیائی کیسے برت سکوں گی؟ —— اس بات پر میرے میاں نے ایک رات مجھے جوتوں سے پیٹا تھا۔ ور سب چُپ چاپ آنکھیں موندے پڑے رہے تھے۔ اُس رات سب کے سامنے میں نے شرم و حیا تیاگ کر اپنی سہاگ رات منائی تھی —— اسی طرح مجھ سے میدان میں لوٹا لے کر نہ جایا جاتا تھا —— بغیر آڑ کے نہایا نہ جاتا تھا —— لیکن آخر کب تک ؟ آخر ایک دن میں نے ان سب کو ارڑ والوں کو اپنا جسم دکھا کر اپنی پیٹھ پر پانی ڈال لیا۔ اب مجھے کچھ نہیں ہوتا —— یہ خیال بھی نہیں ہوتا کہ کسی بات میں شرم ہوتی ہے یا جسم بھی چھپانے کی چیز ہے میری عزت کا پردہ اور آنکھوں کی شرم تو ان آزادی دلانے والوں کی بھینٹ چڑھ گئی ۔“

اما یہاں جاڑوں میں آئی تھی۔ جاڑے ختم ہو گئے اور گرمیاں آئی

شروع ہوئی۔ لوگوں نے اپنے لحاف اور کمبل باندھ کر رکھ دئے اور سلک اور وائل کے کپڑے نکال لئے۔ انھوں نے اپنے کمروں سے چارپائیاں بھی نکال لیں اور کوارٹر کی چھتوں پر یا نیچے سبزلان میں ڈال لیں۔ لیکن رفیوجیوں کی بستی میں موسم کا کوئی اثر نہ تھا۔ نہ ان کے پاس جاڑوں میں گرم گرم لحاف اور کمبل تھے، اور نہ اُونی سوٹ۔ اس لئے نہ ان کے بستر بدلے نہ لباس۔ نہ ان کے پاس جاڑے سے کوئی بچاؤ تھا اور نہ گرمیوں کی تپتی دوپہروں اور دم گھوٹنے والی راتوں سے فرار۔ وہ، ان کی عورتیں اور ان کے بچے کھدر کے میلے کھیسوں میں گٹھری بنے ہوئے پڑے رہتے تھے۔ اب وہ سب کے سب ننگ دھڑنگ ٹانگیں پھیلائے رات بھر مچھروں کے مارے اپنا جسم پیٹتے رہتے تھے۔ ان کی زندگی بدستور کٹتی رہی یہاں تک کہ برسات آگئی ——— آسمان سُرمئی گھٹاؤں سے پٹا رہنے لگا۔ پروا ہوا کافور کی طرح ٹھنڈی اور نم نم رہنے لگی ——— کوارٹر والوں کے لئے یہ بڑا رومنٹک موسم تھا۔ جس دن بارش ہوتی لوگ دفتر نہ جاتے۔ اپنی عورتوں سے چہلیں کرتے۔ پکوڑیاں بنواتے اور چھت پر جا کر بارش میں نہاتے اور ایک دوسرے کو پکڑتے پھرتے ——— کبھی اُما کو بھی بادلوں کا انتظار رہتا تھا اور وہ آنگن میں بارش کے پھولوں کو کھلتے دیکھ کر

جھوم جھوم اٹھتی تھی۔ لیکن یہاں لودی روڈ آکر جیسے اس کی یہ خوشی ختم ہو گئی تھی۔ بادلوں کو دیکھتے ہی اس کی نگاہ آسمان سے ہٹ کر نیچے زمین پہ آجاتی تھی جہاں رفیوجیوں کی جھونپڑیاں تھیں —— اور جیسے وہ دعا مانگنے لگتی کہ بارش نہ ہو —— یہ بادل آئیں اور اس وقت تک بغیر برسے چلے جایا کریں جب تک وہ نظام نہ آجائے جس میں ہر آدمی کے سر پہ سایہ ہو۔ سڑک پر بسنے والے یہ انسان، مکانوں کی بالکونیوں میں کھڑے نظر آئیں اور ایک بھی انسان کی آنکھوں میں بادلوں کو دیکھ کر ایسا خوف اور ڈر پیدا نہ ہو جیسا ان لاکھوں رفیوجیوں کی نگاہوں میں پیدا ہو رہا ہے۔

لیکن دعا بے کار تھی۔ کیونکہ بارشیں ہو رہی تھیں اور خوب زوردار کی ہو رہی تھیں۔ رفیوجیوں کی جھونپڑیوں میں آدھ آدھ گز پانی کھڑا ہو جاتا تھا۔ اور اوپر سے ٹاٹ اور سرکیوں کی چھتیں بارش ہونے کے بعد تک ٹپکتی رہتی تھیں۔ جب بارش آتی تو یہ لوگ اپنے تمام موٹے موٹے کپڑے تو دکان کے سودا سلف پر ڈال دیتے اور خود بچوں کو گود میں لے کر چارپائیوں پر بیٹھ جاتے تھوڑی دیر میں جھونپڑیوں میں پانی بھر جاتا اور چارپائیاں ناؤوں کا کام دیتیں۔

اس منظر کو دیکھ دیکھ کر آما کا جی اداس ہو جاتا۔ وہ خاموش

بہنے لگی۔ اس کا شوہر اسے بار بار سمجھاتا کہ بہت جلد بہتر وقت آنیوالا ہے۔ اس وقت اُداس ہونے کا کام نہیں ہے! انہیں حالات میں انسان بغاوت کرتا ہے۔ یہ وہ آگ ہے جس میں انقلاب کا لوہا تپ کر فولاد بن رہا ہے۔ لیکن اُسے یقین نہ آتا۔ اور یقین بھی کیسے آتا؟ —— آئے دن ایک نہ ایک واقعہ ایسا ہوتا رہتا تھا کہ اس کا یہ یقین ٹوٹ جاتا تھا۔ اسے عوام کی طاقت پر بھروسہ نہ ہوپاتا۔ اس نے کئی بار دیکھا کہ لودی روڈ میں بھی وہی ہوتا ہے جو اس سے پہلے چاندنی چوک، کھاری باؤلی اور کناٹ پلیس ہوتا تھا۔ یعنی یہاں بھی میونسپل کمیٹی والے پولیس کرلے کر آتے تھے اور رفیوجیوں کی جھونپڑوں کو زبردستی گرا جاتے تھے اور رفیوجی اپاہجوں کی طرح خاموش کھڑے رہتے اور ان کی عورتیں اور بچے روتے رہتے۔ ان میں سے کسی کی آنکھوں میں شعلہ پیدا نہ ہوتا وہ اپنے سر چھپانے کی جگہوں کو مسمار ہوتے دیکھ کر محض گالیاں دے کر اور آنسو بہا کر رہ جاتے۔ کیا یہ مردانگی ہے؟ کیا یہ زندگی ہے؟ کیا یہی لوگ عوام ہیں اور یہی عوامی قوت کا مظاہرہ ہے؟ اس کے دل میں یہ خیال اور سوال برچھیوں کی طرح کھب کر کھڑے ہو جاتے اور وہ ایک جھلسا دینے والے غم غصہ اور ناامیدی کے عالم میں گرفتار ہو جاتی جب سے برسات شروع ہوئی

تھی تب سے جھونپڑیوں کا گرانا تو بند ہو گیا تھا لیکن کمیٹی والوں نے ایک اور شغل نکال لیا تھا۔ اب وہ پٹڑیوں پر دوکان لگانے اور سودا بیچنے والوں پر حملے کرنے لگے تھے۔ ہر تیسرے دن وہ اچانک بازار پر دھاوا بول دیتے۔ اور جو لوگ سڑک پر سودا بیچتے تھے یا جنہوں نے اپنی دکانوں کے آگے بنچ یا کرسیاں ڈال رکھی تھیں یا سڑک پر بانس کھڑے کر کے پردے لگا رکھے تھے، انھیں پکڑ لیتے، ان کا مال ضبط کر لیتے اور ان پر جرمانہ کر دیتے تھے۔

اُما نے کئی بار دیکھا تھا کہ کمیٹی والوں کے آتے ہی بازار میں بھگدڑ سی مچ جاتی۔ لوگ اپنا سودا اٹھا کر بھاگنے لگتے۔ ٹھیلوں پر پھل، دہی بڑے یا کباب وغیرہ بیچنے والے اپنے ٹھیلوں کو ڈھکیل کر اندھوں کی طرح کوارٹروں کے پیچھے گلیوں میں چھپتے پھرتے۔ اور جن کی دکانوں کے آگے بنچ یا کرسیاں پڑی ہوتی تھیں وہ ان کو اٹھا کر دکانوں میں رکھنے لگتے۔ سب کے چہرے خوف و ہراس کے مارے ایسے سفید ہو جاتے جیسے ان کے اوپر بجلی گری ہو اور جسم میں خون کی ایک بوند نہ رہی ہو۔

یہ منظر دیکھتے ہی اُما کے تن بدن میں آگ لگ جاتی۔ آخر یہ ہزاروں لوگ ان چند آدمیوں سے اتنا کیوں ڈرتے ہیں؟ بزدلوں

کی طرح کیوں ڈرتے ہیں؟ اپنی جگہ جم کر اپنے حقوق کے لئے کیوں نہیں لڑتے؟ ان کی زندگی میں ایسی کونسی چیز رہ گئی جس کا انھیں لوبھ ہے جس سے ان کو پیار رہے۔ جب موت ان کو گھن کی طرح دھیرے دھیرے کھا رہی ہے تو یہ خود دوڑ کر موت سے ٹکر کیوں نہیں لیتے؟ اگر ان کو اس زبوں حالی میں بھی موت کا اتنا ڈر ہے تو آدمی بغاوت کب کر سکے گا؟ ان سوالوں کا جواب اس کا شوہر بھی نہ دے سکتا تھا اور اُما پر اداسی کا غلبہ ہو جاتا۔ وہ بالکل نا امید ہو جاتی۔

اس دن بھی اُما پر ایسی ہی اداسی اور نا اُمیدی چھائی ہوئی تھی۔ وہ رسوئی گھر میں بیٹھی ہوئی چائے کے پانی کے گرم ہونے کا انتظار کر رہی تھی۔ کمرے میں اس کا شوہر اور چند دوست بیٹھے گپ لڑا رہے تھے۔ ریڈیو پر فلمی گانے آ رہے تھے۔ لتا منگیشکر ایک طربیہ غزل ادا کر رہی تھی۔ گیتا رائے ایک غمناک گیت گا رہی تھی۔ مکیش ثریا کے ساتھ ایک دوگانہ گا رہا تھا۔ لیکن اُما گھٹنوں پر ٹھوڑی جمائے چپ چاپ بیٹھی تھی —— آج اس کا دل ٹوٹ گیا تھا۔ اپنی بے بسی اور لوگوں کی بزدلی کے احساس نے اُسے پوری طرح دبوچ لیا تھا۔ اس نے کھڑکی میں سے دیکھا تھا کہ شانتی کا شوہر ایک کمبل میں لپٹا لپٹایا فٹ پاتھ پر پڑا ہے۔

اور اس کے سامنے انڈوں کی ٹوکری پڑی ہوئی ہے۔ وہ زمین پر پڑا پڑا مرڑا سا جا رہا تھا۔ اُما کو معلوم تھا کہ اُسے بہت سخت بخار ہے اور اس کی پسلی میں ضرب آگئی ہے۔ پچھلے ہفتہ جب میونسپلٹی والوں نے دھاوا بولا تھا تو دوسرے لوگوں کی طرح وہ بھی ان سے بچ نکلنے کے لئے بھاگا تھا۔ لیکن اسے ٹھوکر لگی اور وہ اس بُری طرح گرا کہ اس کی بائیں پسلی میں ضرب آگئی اور اس سے اُٹھا نہ گیا۔ اس دن سے وہ بیٹھ بھی نہیں سکتا۔ لیکن آج وہ کیوں باہر آن پڑا ہے، یہ اندازہ لگانے کی اُسے ضرورت نہ پڑی۔ اسے معلوم تھا کہ تین دن کی موسلا دھار بارش کی وجہ سے گھر میں کھانے کو کچھ نہیں رہا —— اس کی چھوٹی لڑکی کو بارش میں بھیگتے رہنے کی وجہ سے نمونیا ہو گیا ہے اور شانتی کے درد اٹھ رہے ہیں۔ اس کے بچہ ہونے میں گھڑیاں جاتی ہیں —— اسی لئے بارش بند ہوتے ہی وہ اپنے درد کی پروا نہ کرکے سڑک پر انڈے لے کر جا پڑا ہے کہ اپنی بیوی کے لئے گڑ اور گوند کا بندوبست کر سکے —— 'یہ بھی کیا زندگی ہے؟ اس میں کیا خوشی ہے؟ یہ تو عذاب ہے مسلسل مستقل عذاب'۔ اُما پر قنوطیت کا غلبہ ہوتا چلا جا رہا تھا۔ 'دنیا میں پیدا ہونا واقعی پچھلے جنم کے پاپ کا نتیجہ

ہے: واقعی انسان اس دنیا میں اپنے پاپ کا پھل بھوگنے کے لئے آتا ہے۔ انسان کو اس دُکھ سے صرف موت ہی نجات دلا سکتی ہے۔ موت ...... مُکتی کا ایک ہی ذریعہ ہے —' اور وہ موت کے بوجھل خواب آور تصور میں کھو گئی تھی۔

"اُما —— اُما —— باہر آؤ۔ ذرا دیکھو تو"

اُما کا شوہر دوڑتا ہوا رسوئی گھر میں آیا: "کیا، کیا ہوا ——"

اُما چونک کر اُٹھی۔ ابھی اس کے دماغ نے کام کرنا شروع نہ کیا تھا۔ "ارے تم یہ آوازیں نہیں سن رہی ہو؟ باہر آکر تو دیکھو۔ کیا ہنگامہ مچا ہوا ہے؟" —— اور وہ اُما کا ہاتھ پکڑ کر اسکو کھینچتا ہوا برآمدے میں لے آیا۔

اب ایک ساتھ اُما کے دماغ نے کام کرنا شروع کر دیا۔ اس نے دیکھا رفیوجی مارکٹ میں ایک ٹرک کے گرد بہت بڑی بھیڑ جمع ہے اور لوگ بڑے جوش میں چلا رہے ہیں —— "ہم ٹرک نہیں جانے دیں گے۔ ہم ٹرک کے آگے لیٹ جائیں گے۔ ہمارا سامان اتار دو۔ ہمارے آدمیوں کو رہا کر دو۔"

"یہ سب کچھ کیا ہے؟ —— یہ لوگ کس کے خلاف آواز اٹھا رہے ہیں؟ ——" اُما اس نظارے کو بوکھلائی ہوئی دیکھ

رہی تھی۔ اس نے ٹرک کے قریب کھڑے ہوئے پولیس والوں کو نہ دیکھا تھا۔

"ارے تم میونسپلٹی والوں اور پولیس والوں کو نہیں دیکھ رہی ہو؟ آج ان لوگوں نے پھر چھاپا مارا ہے ... سڑک پر رکھ کر سودا بیچنے والوں کا مال، سڑک پر رکھی ہوئی بنچ اور کرسیاں چھین کر ٹرک پر رکھ لی ہیں اور انہوں نے کچھ سودا بیچنے والوں کو بھی گرفتار کر لیا ہے۔"

اب اُما کی سمجھ میں آگیا کہ یہ کیا ہو رہا ہے۔ اس نے دیکھا کہ سارے مارکٹ کے ریفیوجی ٹرک کے گرد جمع ہو گئے ہیں۔ سارا مارکٹ آدمیوں سے بھر گیا ہے۔ وہ جوش میں آکر ایک دوسرے کو دھکیلتے ہوئے ٹرک کے زیادہ سے زیادہ قریب پہنچنے کی کوشش کر رہے ہیں۔ ادھر جھونپڑیوں سے عورتیں نکل کر بھیڑ میں گھسنے کے لئے چلی آرہی ہیں۔ تھانیدار ٹرک کے انجن پر کھڑا ہو کر اپنا چمڑے کا بیت ہلا ہلا کر جانے کیا کہہ رہا ہے۔ لیکن لوگوں کے شور میں اس کی آواز بالکل دب کر رہ گئی تھی۔ لوگ چلا رہے تھے ——— "ہم اب یہ زیادتی برداشت نہیں کریں گے۔ ہمارا سامان ٹرک سے نیچے اتار دو۔ ہمارے آدمیوں کو چھوڑ دو ورنہ آج خون کی ندیاں بہہ جائیں گی۔ ہم نے

تمہارا کیا بگاڑا ہے؟ ہم تم سے کچھ نہیں مانگتے —— ہم خود محنت مزدوری کر کے اپنے بچوں کا پیٹ پال رہے ہیں۔ ہمارے پاس مکان نہیں، دکان نہیں۔ پگڑی دیکر یہ چیزیں حاصل کرنے کے لئے نقدی نہیں —— پھر ہم کیا کریں؟ کہاں جائیں؟ بتاؤ —— بتاؤ۔"

اور ساری لودی کالونی ان آوازوں سے گونج اُٹھی۔ ان آوازوں سے جن کے سامنے تھانیدار کی آواز دب کر رہ گئی تھی۔ ان آوازوں کے سامنے جن کا کسی کے پاس جواب نہ تھا۔ اور ہزاروں گلوں سے نکلی ہوئی یہ آوازیں، تھانیدار، پولیس کے سپاہیوں اور میونسپلٹی والوں ہی سے سوال نہیں کر رہی تھیں بلکہ اُس وقت کوارٹروں میں کھڑے ہوئے لوگوں سے، کوٹھیوں میں آرام کرتے ہوئے وزیروں، افسروں اور سرمایہ داروں سے پوچھ رہی تھیں کہ ہم کہاں جائیں؟ کیا کریں؟ بتاؤ اس زمین پر بسنے والے بے درد اور بہرے خداؤ، ہمارے مصائب کا حل کیا ہے؟ ہم لودی روڈ کی ان سڑکوں کو چھوڑ دیں گے۔ ہم سڑکوں، بازاروں اور گندے نالوں کے کنارے اپنی جھونپڑیاں بنا کر قانون نہ توڑینگے۔ لیکن ہم کو جگہ دو۔ زندہ رہنے کی، روزی کمانے کی۔ امن اور

شانتی سے اپنے بچوں کی پرورش کرنے کی۔

ان آوازوں کے شور سے، ان سوالوں کے دباؤ سے، ان جمع ہونے والے مردوں عورتوں اور بچوں کے ریلوں سے تھا نیدار کے حواس گم ہوگئے — اس نے ایک آخری کوشش کی۔ اس نے اپنی پیٹی سے پستول نکال لیا۔ پاس ہی کھڑے ہوئے سپاہیوں کو لاٹھی چارج کرنے کے لئے تیار رہنے کا حکم دیا۔ اور ٹرک کے ڈرائیور کو حکم دیا کہ فوراً ٹرک چلادے۔

دوسرے ہی لمحے سپاہیوں نے لاٹھیاں تان لیں۔ ٹرک کے ڈرائیور نے انجن اسٹارٹ کرلیا اور تھانیدار کی گرجدار آواز گونجی —— "سامنے سے ہٹ جاؤ۔ اگر کوئی ٹرک کے سامنے آیا تو گولی مار دوں گا۔" اور ٹرک چل پڑا —— بھیڑ میں کھلبلی سی مچ گئی —— ٹرک کے سامنے والے لوگ مڑ کر بھاگنے لگے اور یک لمحہ کے لئے بھیڑ میں سے ٹرک کے لئے راستہ بنتا دکھائی دیا —— لیکن دوسرے ہی لمحہ اس انسانی سمندر کی لہریں پھر لوٹ آئیں۔ ایک بوڑھا سکھ بھیڑ کو چیرتا ہوا آیا اور ٹرک کے سامنے لیٹ گیا —— "بھاگتے کہاں ہو؟ ہیجڑے نہیں ہو، مرد ہو —— روک لو اس ٹرک کو.....

اس طرح سسک سسک کر اور ڈر ڈر کر کیا جینا؟ — مرجاؤ یا زندوں کی طرح جیو۔"

اس کی اس آواز کا سنائی دینا تھا کہ ایک طوفان اُمڈ پڑا۔ بھاگتے ہوئے لوگ اُمڈ آئے اور اس یاران کا جوش وخروش اور عزم دیکھ کر تجربہ کار تھانیدار سمجھ گیا کہ یہ طوفان اس کے روکے نہیں رُکے گا۔ اس کے چند سپاہی، ان کی لاٹھیاں اور اس کا پستول، ان لوگوں کے اُٹھتے ہوئے قدموں کو نہ روک سکے گا، جن کے لئے زندگی اور موت میں بہت کم فرق رہ گیا ہے — جن کی زندگی موت سے بھی زیادہ تکلیف دہ ہوگئی ہے، زندگی کا موہ اور موت کا خوف ان لوگوں کے نزدیک صفر کے برابر رہ گیا ہے۔ اور جب ایسی حالت آجاتی ہے تو انسان کسی چیز سے نہیں ڈرتا — وہ زمانہ تک کو اُلٹ کر رکھ دیتا ہے — اور فوراً اس نے حکم دے دیا — "آج تم لوگ اپنا سامان ٹرک سے اتار سکتے ہو — لیکن آئندہ میں تم کو سڑک پر بیٹھے نہ دیکھوں۔"

لوگوں نے اس فقرہ کا آخری حصہ نہیں سنا کیونکہ اسکے فقرہ کا شروع کا حصہ سنتے ہی خوشی مسرت اور کامیابی کا

ایک نعرہ بلند ہوا جس سے ساری لودی کالونی گونج اُٹھی ——
پولیس راج مردہ باد —— جنتا کی طاقت زندہ باد" اور لوگ
اگلے ہی لمحہ ٹرک سے سارا سامان اٹھا کر اپنی اپنی جھونپڑیوں کی
طرف لے جانے لگے۔

دو چار منٹ میں ہی بھیڑ چھٹ گئی اور دوکاندار اپنی
دوکانوں کی طرف چل دئے۔ لیکن ٹرک پھر بھی نہ چل سکا۔ اور
جب اُما نے اُدھر نظر گھمائی تو اس کا منھ کھلا کا کھلا رہ گیا۔
ٹرک کے آگے کیچڑ آلود سڑک پر شانتی بیٹھی ہوئی تھی۔
ہاں ٹرک کے سامنے سڑک پر شانتی بیٹھی ہوئی تھی وہ
شانتی جو نمونیا کی مریض اپنی ننھی سی بیٹی کو گود میں لئے ہوئے
تھی۔ وہ شانتی جس کے درد اُکھڑ رہے تھے —— وہ
شانتی جسے اپنی حالت کا احساس نہ تھا۔ کسی کی شرم اور کسی
کا ڈر نہ تھا —— وہ ٹرک کے سامنے بیٹھی ہوئی تھی
کیوں کہ پولیس والوں نے اس کے شوہر کو پکڑ کر موٹر میں بٹھا
لیا تھا۔

اُما نے چونک کر اس جگہ دیکھا جہاں اُس نے شانتی کے
شوہر کو بیٹھے دیکھا تھا —— وہاں اب کچھ نہ تھا صرف ٹوٹے

ہوئے انڈوں کے خول اور اُلٹی ہوئی ٹوکری پڑی تھی۔ اُما نے سنا تھا ینڈر کہہ رہا تھا ——— "میں کہتا ہوں ٹرک کے سامنے سے ہٹ جاؤ۔ کھڑی ہو جاؤ۔ میں نے تم لوگوں کی ایک بات مان لی ہے۔ اور زیادہ ضد نہ کرو۔" لیکن شانتی نے شاید کچھ نہ سُنا۔ اس پر رقت اور جوش کا ملا جُلا غلبہ تھا۔ وہ نیم مجنونانہ انداز میں کہے جا رہی تھی ——— "میرے آدمی کو اتار دو ——— میں اپنے آدمی کو یوں گرفتار نہ کرنے دونگی۔ وہ بیمار ہے۔ اُس سے اٹھا بیٹھا بھی نہیں جاتا۔ تم نے اس کی یہ حالت تو کردی ہے۔ اب اس کی جان لے کر رہو گے ——— ظالمو! قصائیو! اس کی حالت دیکھو ——— میری حالت دیکھو۔ میری بچی کی حالت دیکھو۔ تم کو ظلم ڈھاتے ہوئے رحم نہیں آتا؟ کیا تمہارے پاس روٹی کمانے کا یہی ذریعہ رہ گیا ہے کہ تم مرتے ہوؤں کو مار دو" اس کے بعد شانتی نے اپنی چھاتی کوٹنا شروع کر دی۔

"میں نیچے جاتی ہوں ——— اگر اس کا ہاتھ کہیں نیچے پڑ گیا تو بچہ پیٹ ہی میں مر جائے گا۔ مجھے شانتی کو بچانا ہے۔" اُما چلاتی ہوئی زینے کی طرف بھاگی۔ عین اسی وقت موٹر کے اسٹارٹ ہونے کی زوردار آواز سنائی دی۔ اُما کے دوڑتے ہوئے قدم رُک گئے۔ اس کی چیخ نکل گئی: "کیا اس ظالم نے شانتی کے اوپر سے موٹر چلا دیا؟"

"نہیں اُما ـــــ نہیں ۔ گھبراؤ مت !" اُما کے شوہر نے اُسے تسلّی دیتے ہوئے کہا۔

"اُس نے شانتی کے اوپر سے موٹر نہیں چلائی بلکہ موٹر کو پیچھے کی طرف ہٹا رہا ہے۔"

اُما نے جھانک کر دیکھا ـــــ واقعی ٹرک پیچھے کو مل رہا تھا ـــــ یہ دیکھ کر اُما کی جان میں جان آئی ۔ لیکن شانتی کو سمجھنے میں دیر نہ لگی کہ تھانیدار موٹر کو پیچھے ہٹا کر دائیں ہاتھ والی سڑک سے نکال لیجانا چاہتا ہے ۔ وہ فوراً اٹھ کر دوڑی اور اس نے چلانا شروع کیا۔

"ارے خود غرضو ، ہیجڑو ۔ تم کو شرم نہیں آتی ؟ اپنا اپنا سامان اُٹھا کر بھاگ گئے اور اپنے آدمیوں کو چھوڑ دیا ـــــ ڈوب مرو چلو بھر پانی میں ـــــ او چندرا ۔ سبھدرا ۔ کوشل ، ارے تم تو یوں کھڑی کھڑی مت دیکھو ۔ اس موٹر میں تمہارے بھی بھائی بند قید ہیں ـــــ آؤ اور ڈالدو اس تھانیدار کے گلے میں دوپٹہ ۔ آؤ ـــــ"

شانتی کی اس آواز کا بلند ہونا تھا کہ جیسے جھونپڑوں میں آگ لگ گئی ۔ عورتوں کے جھنڈ کے جھنڈ نکل پڑے اور ٹرک کی

طرف دوڑے۔ اُما نے دیکھا عورتوں کے اس غول میں بوڑھی، جوان بچیاں سبھی تھیں اور بے پرواٹرک کی طرف دوڑ رہی تھیں۔ اس نظارے نے مَردوں کے خون کو شعلہ دکھایا —— عورتوں کو بڑھتے ہوئے دیکھ کر دوکانوں سے نکل نکل کر مرد بھی ٹوٹ پڑے۔ لمحہ بھر میں پھر ٹرک کے گرد پہلے جتنی بھیڑ جمع تھی۔ بلکہ اس بار تو کوارٹروں سے بھی بابو لوگ دوڑ پڑے تھے۔ ایسا شور بلند ہوا کہ چند لمحوں کے لئے کچھ سُنائی نہ پڑا۔ کانوں کے پردے سے پھٹ گئے۔

اُما، اس کا شوہر اور اس کے دوست بھی اُوپر سے اُتر کر بھیڑ کی طرف بھاگے —— وہ ٹرک کی طرف اس طرح دوڑ رہے تھے جیسے خود اُن کا کوئی اپنا عزیز بے جا طور پر گرفتار کر لیا گیا ہو —— لیکن جونہی وہ بھیڑ کے قریب پہنچے، خوشی کا ایک جوش بھرا نعرہ بلند ہوا۔ اور بھیڑ چھٹنے لگی۔

"کیا ہوا —— کیا ہوا" —— اُما چلّائی۔ اور جیسے ساری بھیڑ نے جواب دیا۔

"ہمارے آدمی چھوٹ گئے —— ہم جیت گئے —— جنتا کی طاقت کے آگے کسی کی نہ چلے گی۔"

اور ایک ساتھ اُمانے دیکھا شانتی اپنے بیمار شوہر کا ہاتھ پکڑے بھیڑ کو چیرتی ہوئی آرہی تھی۔ اس کا منھ سُرخ ہو رہا تھا۔ بال کھل کر رُوئی طرح بکھر گئے تھے۔ اور اس کی آنکھوں سے ایسا دھواں سا نکل رہا تھا جیسے اندر ہی اندر کوئی جوالا مکھی سُلگ رہا ہو + + +

جہاں ماں بننا عذاب ہے

جب جیٹھ کی گرمی پڑ لیتی ہے اور اساڑھ کا مہینہ شروع ہوتا ہے تو لوگ بارش کے لئے بیتاب ہو جاتے ہیں۔ اور جب ان کی نگاہیں آسمان کے ایک سرے سے کالی کالی گھٹاؤں کو اُٹھتے دیکھتی ہیں تو کتنی امنگ اور کتنی زندگی ان کے اندر بھر جاتی ہے۔ پچھلے کچھ مہینوں سے دنیا بھی اپنے اندر ایسی ہی خوشی، امنگ اور زندگی محسوس کر رہی تھی۔ اس کے شوہر کی نگاہوں میں بھی اسی خوشی، امنگ اور زندگی کی جھلک تھی۔ اس کے یہاں پہلا بچہ ہونے والا تھا۔ شادی کے بعد بچے کی خواہش ویسے ہی پیدا ہو جاتی ہے جیسے گرمی پڑتے ہی برکھا کے بادلوں کی۔ یہ بھی تو زندگی اور تخلیق کے پیامبر ہیں۔ ایسے ہی بادل دنیا کی زندگی پر چھا رہے تھے۔ اور وہ مورنی کی طرح خوشی میں ناچ رہی تھی۔ اسے بڑی بے تابی سے اس گھڑی کا انتظار تھا جب چاند کا ایک ٹکڑا اس

کی گود میں اُتر آئے گا۔ اس کے خواب اور اس کے ارمان ایک حسین سے بچّے کی صورت اختیار کر کے اس کے سامنے آجائیں گے۔ کتنی اہم اور کتنی زندگی پرور ہوگی وہ گھڑی۔

وہ گھڑی دن بدن نزدیک آرہی تھی اور وینا کو اس گھڑی کی فکر پڑ گئی تھی۔ اس کے ساس یا نند نہ تھی۔ گھر میں میاں بیوی تھے۔ کوئی ایسا قریبی رشتہ دار بھی نظر نہ آتا تھا جسے جناپے کے وقت بلایا جا سکتا۔ اس لئے اس نے یہی فیصلہ کیا کہ اسپتال میں جناپا کرایا جائے۔ "اسپتال"——— وینا کے ذہن میں ایک عجیب رومانی نقشہ کھنچ گیا۔ اس نے ایک فلم میں جو سرکار کی طرف سے دکھائی گئی تھی' ایک اسپتال دیکھا تھا۔ ہوا دار کمرے، چمکتا ہوا فرش، ٹائلوں کی سفید دیواریں، لوہے کے پہیئے دار پلنگ، سفید براق چادریں اور چست نرسیں۔ پلنگوں پر عورتیں چادروں سے ڈھکی ایسے پڑی تھیں جیسے انہیں تکلیف نہ ہو، بلکہ سکھ کی نیند سو رہی ہوں۔ اس تصور سے وہ دل ہی دل میں مگن ہو اٹھی۔

جس دن اسے اسپتال جانا تھا اس دن اس کی آنکھ بہت سویرے کھل گئی۔ اس نے جلدی جلدی اپنے شوہر کا کھانا پکایا

اور ½ ۸ بجے ہی کپڑے پہن کر تیار ہوگئی۔ جب وہ اپنے شوہر کے ساتھ اسپتال پہنچی تو ۹ بجنے میں کچھ منٹ کی دیر تھی۔ ڈینا نے سوچا کہ یہ بہت اچھا ہوا وہ جلدی آگئی۔ ڈاکٹر دس بجے آئے گی تو اس کا پہلا یا دوسرا نمبر ہوگا۔ اُس کا شوہر اُسے چھوڑ کر اپنے دفتر چلا گیا کیونکہ اس کو اندر جانے کی اجازت نہ تھی۔ ڈینا اسے جاتے ہوئے دیکھتی رہی اور جب وہ سڑک پر مڑ گیا تو وہ بڑے اطمینان سے اسپتال میں داخل ہوئی۔ اندر والے گیٹ پر پہنچتے ہی ایک عیسائی عورت نے اسے ٹوکا۔

"بچے والی ہو؟"

وہ چونکی۔ اس کی سمجھ میں کچھ نہ آیا۔ اس نے سوالیہ نگاہوں سے اس عورت کی طرف دیکھا۔ عورت کی تیوری بگڑ گئی۔ اس نے اس کے پیٹ کو اپنے انگلیوں کی پشت سے ٹھوکا دیتے ہوئے سختی سے کہا۔

"پیٹ دکھانا ہے؟"

شرم کے مارے ڈینا کا چہرہ سرخ ہوگیا اور کان جلنے لگے اُوہ کتنی بے حیا اور بدتمیز ہے یہ عورت! اس کا گلا خشک ہوگیا۔ لیکن اس عورت نے جواب کا انتظار نہ کیا۔ گیتے کا ایک چھوٹا

ٹکڑا اس کے ہاتھ میں دیتے ہوئے وہ اسی لہجہ میں بولی۔
"جاؤ ہال کمرے میں جا کر بیٹھ جاؤ۔"
ونیا اس سے آنکھ تک نہ ملا سکی۔ اس نے اس کے ہاتھ سے گتّے کا ٹکڑا لیا اور جلدی سے ہال کمرے کی طرف بڑھ گئی۔ جب وہ ہال کمرے کے پاس پہنچی تو اس نے اس گتّے کے ٹکڑے کو پلٹ کر دیکھا۔ اس پر انگریزی ہندسوں میں لکھا تھا 202 'دوسو دو'۔ اسکی سمجھ میں اس کا مطلب نہ آیا۔ اسی کو دیکھتے ہوئے اس نے ہال کمرے میں قدم رکھا —— اندر قدم رکھتے ہی جیسے اسے بجلی کا جھٹکا لگا۔ وہ چونک اٹھی۔ اس نے دیکھا ہال کمرہ عورتوں سے بھرا پڑا ہے۔ اس کے ساتھ اسے 202 کا مطلب سمجھ میں آگیا۔ اس کا نمبر 202 تھا اور اس سے پہلے 201 عورتیں پیٹ دکھلانے کے لئے آچکی ہیں ——
'اوہ میرے بھگوان!' ونیا کو چکر سا آگیا۔ پھر یکایک اسے محسوس ہوا وہ شرم کے مارے زمین میں گڑی جا رہی ہے۔ 201 عورتیں اور سب کی سب حاملہ، اس سے آنکھ اٹھا کر ان عورتوں کی طرف نہ دیکھا گیا۔ وہ آنکھ بچاتی ہوئی دیوار کے سہارے سہارے کونے کی طرف چلنے لگی۔ یکایک اس کی ٹانگیں کسی سے ٹکرائیں اور کوئی چلائی۔
"ہائے —— دونوں ہی پھوٹ گئی ہیں کیا۔ دیکھا نہیں جاتا۔"

اور سہم کر جب وینا نے دیکھا تو اسے نظر آیا دیوار کے سہارے سہارے بھی عورتیں بیٹھی ہوئی ہیں۔

اس نے اس عورت سے معافی مانگی جس سے وہ ٹکرائی تھی اور آگے بڑھ گئی۔ آگے کہیں جگہ نہیں تھی۔ اس نے گھوم کر دیکھا۔ بنچوں پر اور ہال کمرے کی دیواروں کا سہارا لئے عورتیں ہی عورتیں بیٹھی تھیں۔ جو عورتیں بعد میں آئی تھیں وہ بیچ بیچ فرش پر بیٹھی ہوئی تھیں۔ اس کے لئے کہیں ایسی جگہ نہ تھی جہاں وہ کسی چیز کے ساتھ پیٹھ لگا کر بیٹھ جاتی۔ وہ کچھ دیر تک کھڑی کھڑی ادھر ادھر دیکھتی رہی اور آخر کار ایک بنچ کے پیچھے کھڑی ہو گئی۔

یہاں کھڑے ہو کر اس نے اطمینان سے کمرے کا جائزہ لیا۔ ہندوستانی، پنجابی، سندھی، مدراسی اور مسلمان عورتوں سے کمرہ بھرا پڑا تھا۔ سب کے پیٹ پھولے ہوئے تھے۔ وہ پہلو بدل بدل کر بوجھ ہلکا کرنے کی ناکام کوشش کر رہی تھی۔ سب کی سب نرس کے آنے کا انتظار کر رہی تھیں جو آ کر کہے گی: "ڈاکٹر آ گئی ہیں۔ لائن بنالو۔ سات مہینے سے زیادہ پیٹ والی ایک طرف اور سات مہینے سے کم پیٹ والی دوسری طرف" مگر نرس نہیں آئی اور وینا کو کھڑے کھڑے آدھ گھنٹہ گزر گیا۔ اس کی ٹانگیں

بوجھ کے دباؤ سے دکھنے لگیں اور اس کی کمر اکڑ کر تختہ سی ہو گئی۔ وہ تڑپ سی گئی۔ اس کی، اوہنہ، اوہنہ، سُن کر بنچ پر بیٹھنے والی عورت نے مڑ کر دیکھا۔ وینا نے رحم کی طلبگار نگاہوں سے اس کی طرف دیکھا۔ اسے شاید رحم آگیا۔ تب ہی وہ اپنے دونوں طرف والی عورتوں کو دھکا دیتی ہوئی بولی۔

"دیکھو تو یہ چھٹے ساتویں مہینے والی تمہارے پیچھے گھنٹوں سے کھڑی ہے۔ بھلا اتنا بھار لئے یہ کب تک کھڑی رہے گی؟ ہٹو۔ اسے بھی جگہ دو۔"

دوسری عورتوں نے ایک ساتھ مڑ کر دیکھا اور پھر سب کی نگاہیں اس کے پیٹ پر جم گئیں، جیسے مہینوں کا ٹھیک ٹھیک اندازہ لگانا چاہتی ہوں۔ وینا کو شرم کے مارے پسینہ آگیا۔ مگر عورتوں کی پڑتال ختم ہو چکی تھی۔ ان کی نگاہوں نے شہادت دے دی تھی کہ واقعی اسے ساتواں مہینہ جا رہا ہے۔ اور اب انہوں نے سکڑ کر اس کے لئے جگہ بنا دی۔

"آجا ری۔ بیٹھ جا یہاں آکر۔" پہلی عورت نے اُسے بلایا اور پھر اپنے ساتھ والی عورتوں سے خطاب کرتے ہوئے بولی۔

"بھلا اس حالت میں کھڑا ہوا جاتا ہے؟"

"تم کھڑے ہونے کی بات کہتی ہو۔" دوسری عورت بنچ پر پیروں کے بل بیٹھتی ہوئی بولی: "کھڑا کیا ڈھنگ سے بیٹھا بھی نہیں جاتا۔ میں تو بیٹھے بیٹھے چُور ہو گئی ہوں۔ جی چاہتا ہے یہیں لیٹ جاؤں۔"

"لیٹ جاؤں؟" پاس بیٹھی ہوئی تیسری عورت نے، جس کے ہاتھ پاؤں سوکھے ہوئے تھے، جسم کی تمام نسیں پھُولی ہوئی تھیں اور پیٹ بہت آگے نکلا ہوا تھا کراہتے ہوئے فوراً بات کاٹ دی: "بہن مجھ سے تو لیٹا بھی نہیں جاتا۔ نہ اس کروٹ، نہ اس کروٹ۔ اور جسم بھی کیا کرے۔ مانس کا بنا ہے، لوہے کا تو نہیں ہے۔ بارہواں بچّہ ہونے جا رہا ہے۔"

"بارہواں"——— وینا دھم سے ان عورتوں کے درمیان کی خالی جگہ میں بیٹھ کر پھنس گئی۔

"ہاں بہن۔" اس عورت نے بات کو اسی طرح جاری رکھتے ہوئے کہا: "۲۰ سال بیاہ کو ہوئے ہیں۔ تب سے اسی طرح یہ کایا کٹ رہی ہے۔ لاکھ جتن کیے کہ کوکھ کا منہ بند ہو جائے۔ جس نے جو دوا بتائی، کھائی۔ پر نہ جانے کیا شراب لگا ہے کہ سال، سوا سال، ڈیڑھ سال سے اُوپر نہیں جاتا——— اب تو بڑی دکھی ہو گئی ہوں اس زندگی سے۔ بھگوان اب تو موت

دے جے؟"

"ہماری ماں نے تو سات لونڈے اور سات لونڈیاں جنی تھیں پر کایا لوہے کی طرح مضبوط تھی۔ ساٹھ سے اوپر کی عمر ہو گئی تھی پر ہم سے اوپر کوئی تباتا نہ تھا۔ وہ تو اپنے بڑھاپے میں ہم سے جوان دیکھے تھی۔"
چوتھی عورت نے بڑے فلسفیانہ انداز میں تبصرہ کیا۔

"اپنی ماں، دادی کی بات چھوڑ دو بہن!" پانچویں عورت نے چوتھی عورت کی بات کا جواب دیتے ہوئے کہا۔

"وہ زمانے ہی کچھ اور تھے۔ گھر گھر گائے بھینس تھیں۔ گھی ڈیڑھ سیر اور دو سیر کا بکتا تھا۔ گیہوں سے کوٹھے بھرے رہتے تھے اور سبزی کوڑیوں کے مول بکتی تھی۔ تب ہی تو زچہ دس دس پندرہ پندرہ سیر گھی جنا پے میں کھاتی تھی۔ کایا تو کھائے سے بنتی ہے۔"

"مگر بی بی کھائیں کہاں سے؟ چیزیں تو اب بھی مل جاتی ہیں پر انہیں خریدنے کو سونا کہاں رکھا ہے؟ ہر چیز میں آگ لگی ہوئی ہے۔ جو چیز دیکھو سونے کے مول بکتی ہے اور پھر بھی کھری نہیں۔ کونسی چیز ہے جس میں ملاوٹ نہیں؟ گھی میں کوکوجم۔ دودھ میں پانی۔ آٹے میں دنیا بھر کا الا ئے بلائے جب یہ حال ہو تو کایا کیسے بنے؟"

"ٹھیک کہتی ہو بہن!" ایک عورت جو اسی وقت آکر کھڑی

ہوئی تھی اور جس کا چہرہ پیلا پڑا ہوا تھا اور ریشمی ساڑی میں ہزاروں شکنیں پڑی ہوئی تھیں، بات میں بات ملاتے ہوئے بولی۔

"ان دنوں عورت کو اچھی خوراک ملنی چاہیئے۔ اپنے ہی لئے نہیں بلکہ اس بچے کے لئے جو اس کے اندر پل رہا ہے۔ اسے کم سے کم آدھا پاؤ گھی چاہیئے۔ آدھا سیر دودھ چاہیئے۔ دو چار پھل چاہئیں۔ پھر اگر کوئی کمی رہ جائے تو طاقت کی دوائیں چاہئیں۔ لیکن جب روٹی کے لالے ہوں، پہننے کو کپڑے نہ ہوں اور رہنے کے لئے اندھیری گندی کوٹھریاں بھی پگڑیاں دے کر ملتی ہوں، تو کہاں سے یہ غذا کھائیں؟ ڈاکٹر نے میرا خون ٹیسٹ کیا ہے۔ خون بڑا پتلا ہے۔ اس نے انجیکشن بتائے ہیں۔ لیکن میرے چار بچے ہیں، ایک جوان کنواری نند بیاہنے کو ہے اور بوڑھے ساس سسر ہیں۔ سب کے سب میرے آدمی کی آمدنی پر گذر کرتے ہیں۔ اور وہ صرف ڈیڑھ سو روپے کا کلرک ہے۔ بچے تک بنا دودھ کے رہتے ہیں۔ بھلا میں کہاں سے انجکشن لگواؤں"۔

"اگر یہ حالت ہے تو بچے کیوں پیدا کرتی ہو۔ بند کردو!"

سب عورتیں ایک ساتھ چونک پڑیں۔ انہوں نے مڑ کر دیکھا۔ ان کے پاس ایک عورت آن کھڑی ہوئی تھی جس کا جسم چھپکلی کی

طرح سوکھا سا کھا تھا لیکن وہ سرخی پاؤڈر سے پوری طرح لپی پتی اور ریشم میں لپٹی ہوئی تھی۔ اس کے ایک ہاتھ میں کالا بٹوہ تھا اور دوسرے میں تین گرہ کا رومال جس کو وہ اپنی ناک پر رکھے ہوئے تھی۔ اس کے مردہ مگر رنگے ہوئے ہونٹوں کے کونوں سے غرور رِس رِس کر بہہ رہا تھا۔ یقیناً وہ کسی کار والے کی بیوی تھی۔ اس کی بات سن کر اور اس کا لباس دیکھ کر، سب عورتوں کے چہرے غصے سے لال ہو گئے۔ ان کا خون کھول اٹھا۔

جس عورت پر یہ فقرہ کسا گیا تھا اس کا تو غصے کے مارے بُرا حال ہو گیا۔

"تم یہی کہنا چاہتی ہو نا کہ جب ہمارے پاس کھانے کو نہیں ہے تو ہم اپنے آدمیوں کے پاس کیوں جاتی ہیں؟ تم ٹھیک کہتی ہو۔ ایسی ہی ٹھیک بات ایک اور امیر زادی نے مجھ سے پہلے بھی کہی تھی میں تم سے پوچھتی ہوں کہ ہم غریب آدمی کیا مٹی کے بنے ہیں؟ تمہاری طرح ہم بھی ہاڑ مانس کے بنے ہیں۔ تم امیر زادیاں سینما دیکھتی ہو، تالابوں میں ننگی نہاتی ہو، پرائے مردوں کے ساتھ چھاتی سے چھاتی بھڑا کر ناچتی ہو۔ تمہارے آدمی بھی پرائی عورتوں کو کاروں میں لیے پھرتے ہیں۔ تمہارا جی تو اس

اس طرح بہل جاتا ہے۔ لیکن ہم اور ہمارے آدمی کیا کریں؟ اگر اپنے آدمی کے پاس نہ جائیں تو کیا یار کریں؟ اپنے آدمیوں کو گھر سے نکال کر کیا رنڈیوں کے کوٹھوں پر بھیج دیں؟"

اس عورت کے لہجہ میں شعلوں کی لپک تھی اور اس کی آنکھوں میں وہ آگ تھی جو بھوک، افلاس اور تنگدستی نے ان تمام عورتوں کی زندگی میں لگا رکھی تھی جو وہاں موجود تھیں۔ اس چھپکلی نما عورت نے گھبرا کر چاروں طرف دیکھا۔ ہر طرف غصہ سے انگارہ آنکھیں اسے گھور رہی تھیں۔ ان کی حدت اور تپش وہ برداشت نہ کر سکی اور بوکھلا کر جلدی جلدی قدم اٹھاتی باہر چلی گئی۔

"چلی گئی حرامزادی۔ لیکچر دینے آئی تھی۔ دونوں وقت اچھا کھانے کو اور ریشم پہننے کو مل جاتا ہے نہ۔"

"یہی بات ہے بہن۔ ان امیرزادیوں کو کیا پتہ کہ ہماری مجبوریاں کیا ہیں۔ ہم کب چاہتے ہیں کہ ہمارے آئے سال بچے پیدا ہوں۔ ہمارے یہاں نوکر نہیں جو مہینہ چڑھتے ہی ہم پلنگ سنبھالنے اور عیش کرنے لگیں۔ ہمیں تو آخری دن تک خود ہی سب کچھ کرنا پڑتا ہے۔ ہم چاہتی ہیں کہ ہمارے بچے پیدا نہ ہوں۔ مگر ہمیں کوئی تو بتائے کہ ہم کیا کریں؟ سرکاری اسپتالوں میں بچے جنانے کا

انتظام ہے مگر بچے پیدا نہ کرنے کی ترکیب کے متعلق کچھ نہیں بتایا جاتا۔ سرکاری قانون کی رُو سے حمل گرانا جرم ہے مگر بچوں کی پرورش کا سرکار کوئی ذمہ نہیں لیتی۔ یہ سرکار صرف یہ بتاتی ہو کہ یہ نہ کرو مگر ایسا انتظام نہیں کرتی کہ آدمی وہ کام کرنے پر مجبور نہ ہو۔ میں اپنی ہی بات بتاتی ہوں۔ جب میرے پیٹ میں یہ بچہ آیا تو میں نے گرانا چاہا۔ کوئی سرکاری اسپتال اس کام کے لئے نہیں ہے۔ ڈاکٹر لوگ چوری چھپے آپریشن کرتے ہیں مگر وہ ڈیڑھ سو اور دو سو روپئے فیس لیتے ہیں۔ بھلا میں کس طرح ڈیڑھ سو روپے خرچ کر سکتی تھی چُٹ پُٹ کی دوائیں کھا کر اور ہار تھک کر بیٹھ گئی۔ اب میرے پانچواں بچہ ہونے والا ہے۔ سرکار اس کو مفت جنوا تو دے گی مگر اس کی پرورش سے اسے کوئی سروکار نہیں۔"

"ہاں بہن غریب آدمی کے لئے سب مصیبتیں ہیں۔ دُنیا جینے کو تو کہتی ہے مگر جینے کا راستہ نہیں بتاتی۔ کیا زمانہ آگیا ہے کہ ماں بننا شراپ ہو گیا ہے اور اولاد کے نام پر لوگوں کے منہ ایسے پیلے پڑ جاتے ہیں جیسے انہیں سولی پر چڑھایا جا رہا ہو، یا کولھو میں پیلا جا رہا ہو۔"

اور وِنیلا نے سوچا یہ عورت غلط نہیں کہہ رہی۔ یہاں اگر

جیسے کسی نے اس کی پتلیوں پر چڑھی ہوئی جھلی اتار دی اور اس کی آنکھیں ٹھوس، بے رحم حقیقت سے دوچار ہوگئیں۔ اب تک اس کے دل میں بچّے کے لئے جوش تھا اور امنگ تھی، لیکن اب اس نے محسوس کیا یہ محض ناتجربہ کاری کی خوشی ہے۔ اسے معلوم نہیں ایک ایک بچے کو پالنا کتنا بڑا اقتصادی مسئلہ ہے بچّہ محض گود میں کھلانے اور منہ چوم لینے سے نہیں پل جاتا۔ اسے اچھی غذا چاہیئے۔ اسے اچھا ماحول چاہیئے اور ان تمام چیزوں کو مہیّا کرنے کے لئے اچھی آمدنی چاہیئے۔ اور اچھی آمدنی ایک اچھے اور ایمان دار آدمی کے لئے ناممکن سی ہے۔ وہ شاید پہلے بچّے کی پیدائش کے بعد اس بوجھ کو محسوس نہ کرے۔ مگر جب دوسرا تیسرا چوتھا بچّہ ہوگا تب کیا وہ اتنی خوش رہ سکے گی؟ کیا وہ ماں بننے کو خوش نصیبی سے تعبیر کر سکے گی؟ نہیں۔ ہرگز نہیں۔ وہ بھی ان عورتوں کی طرح آنے والے بچّے کو عذاب خیال کرے گی۔ اس کے ساتھ کسے محسوس ہو اس کے پانچ سات بچّے ہو چکے ہیں۔ اس کا شوہر بیمار پڑا ہے۔ گھر میں کھانے کو نہیں ہے اور اس کے ایک بچّہ پیدا ہونے جا رہا ہے ــــــ ایک اور بچّہ ــــــ نہیں، ایک اور کھلانے والا ــــــ اُن کی سوکھی

روٹی میں سے ایک اور ٹکڑا توڑنے والا —— وینا کی آنکھوں کے آگے اندھیرا سا چھا گیا اور اُسے جسم ایک لاش یا ایک ارتھی کی طرح بھاری اور بے جان معلوم ہونے لگا۔

یکایک وہ چونک پڑی۔ ہال میں ایک کھلبلی مچ گئی۔ سب دروازے کی طرف دیکھ رہے تھے۔ وینا نے بھی دیکھا۔ نرسیں ایک عورت کو سٹریچر پر ڈالے لا رہی تھیں۔ اس کے تمام کپڑے خون سے بھرے ہوئے تھے اور اس کا چہرہ بالکل سفید ہو رہا تھا نرسیں آپریشن روم میں لے گئیں اور ہال میں قیاس آرائیوں کا ایک سیلاب سا آ گیا۔ کوئی کہہ رہی تھی کہ یہ عورت حادثہ کا شکار ہوئی ہے اور کسی کا خیال تھا کہ اسے اس کے شوہر نے مارا پیٹا ہوگا۔ مگر جب نرس آئی اور اس نے اس عورت کا حال بتایا تو سب کی سب سہم کر چپ ہو گئیں۔ وہ عورت شرنارتھی تھی۔ اور اسے نواں مہینہ جا رہا تھا۔ گھر میں پانچ بچے تھے اور اس کا مالک ہڑتال کرتے ہوئے پکڑا گیا تھا۔ یہ پاپڑ بیل اور بھٹی پیس کر گذارہ کرتی تھی لیکن پورے دنوں میں تو ٹھیک سے بیٹھا بھی نہیں جاتا اور یہ عورت اکڑوں بیٹھ کر اور سارے جسم کا زور لگا کر بھٹی پیستی اور پاپڑ بیلتی رہی۔ نتیجہ یہ ہوا کہ اس

عورت کی بچے دانی کا منہ پھٹ گیا۔ آٹھ دن تک خون بہتا رہا، وہ کام کرتی رہی۔ اس کا پیٹ پچک گیا اور بچہ اندر ہی اندر سوکھ گیا۔ اب اسے آپریشن کے لئے لایا گیا تھا مگر اس کے بچنے کی قطعی امید نہ تھی۔ جب بچہ پیٹ ہی میں سوکھ جائے تو......... اور ہال میں بیٹھی ہوئی ساری عورتوں کی آنکھوں کے آگے ایک بھیانک سماں ناچنے لگا۔ اگر حالات بگڑتے گئے۔ بچے پیدا ہوتے گئے۔ زندگی کی سختیاں موت کے شکنجے میں تبدیل ہوتی گئیں تو ایک دن......... ایک دن ان کا بھی یہی حال ہوگا——— موت خون چوس کر ان کے چہروں کو سفید کر دے گی۔ اور اس عورت کی لاش اٹھ کر باری باری ہر عورت کی آنکھوں کے سامنے گذرنے لگی۔

سب عورتوں پر ہیبت کا غلبہ چھا گیا۔ اور تب ایک بوڑھی عیسائی عورت کمرے میں داخل ہوئی۔ اس کے بال سفید تھے۔ اس کی آنکھوں پر سفید دھات کے فریم کا چشمہ تھا جس کی کمانیوں کی جگہ دھاگے باندھے ہوئے تھے۔ اس کے ہاتھ میں ایک چھوٹی سی میلی کتاب تھی۔ وہ آکر ان کے درمیان کھڑی ہوگئی۔

"بیٹیوں یہ تمہارے لئے بہت کڑی گھڑی ہے، تمہاری موت اور زندگی کا سوال ہے۔ اس وقت کوئی تمہاری مدد کو نہیں آئیگا۔

نہ ماں باپ نہ شوہر نہ بیٹا۔ بس تمہاری جان بخشنے گا تو وہ خدا کا بیٹا یسوع مسیح۔ تم اسے کرشن کہہ لو۔ محمدؐ کہہ لو۔ گرو کہہ لو۔ اِس گھڑی اسی کو یاد کرو۔ اس یسوع مسیح کو جو گنہگار روحوں کو نجات دلانے آیا۔ جو تکلیف پانے والی روحوں کو شفا بخشتا ہے۔ آنکھیں موند لو۔ اپنا من سب طرف سے ہٹا لو۔ اسی خدا کے بیٹے سے لو لگا لو اور اپنی نجات کی دعا مانگو۔ وہ ضرور تمہیں نجات دلائے گا۔"

اور ہیبت زدہ، افلاس زدہ، ستم زدہ عورتوں کی آنکھیں مند گئیں۔ ان کے دل سب طرف سے ہٹ کر اپنے کرشن، محمدؐ، یسوع مسیح اور گرو کے قدموں میں پہنچ گئے۔ وہ بھجن گانے لگیں۔ دعا کرنے لگیں منتیں مانگنے لگیں۔ لیکن دینا نے اپنی آنکھیں نہیں موندیں۔ اس نے کسی سے لو نہ لگائی۔ وہ باری باری ہر عورت کا چہرہ دیکھنے لگی۔ ان کے چہرے کیوں سہمے ہوئے ہیں؟ ان کے ہونٹ کیوں کانپ رہے ہیں؟ یہ تو نئی زندگی کو جنم دینے جا رہی ہیں۔ یہ تو انسانی نسل کی نئی پود لگانے والی ہیں۔ یہ تو اس کائنات کی اتنی بڑی خدمت کرنے جا رہی ہیں جتنی بڑی خدمت صرف قدرت ہی کر سکتی ہے۔ پھر ان کی پیشانی پر مسیح کا سنہری نور کیوں نہیں ہے؟ ان کے ہونٹوں کے کونوں سے مسکراہٹ کی کونپلیں کیوں نہیں پھوٹ

رہی ہیں ؟ ان کا جسم نئے دھان کے کھیت کی طرح سرسبز نظر آنے کی بجائے قبر کی طرح مردہ کیوں معلوم پڑتا ہے ؟ ——— وہ کونسی طاقت ہے جس نے ایک عورت سے ماں بننے کی ازلی خواہش اور مسرت چھین لی ہے ؟ یہ کیسا زمانہ ہے جس میں نئی نسل کا استقبال اس طرح کیا جا رہا ہے ؟ ——— وینا کے دماغ میں یہ سوال ہتھوڑوں کی ضرب بن کر گونجنے لگے اور ان سوالوں کا جواب دور نہ تھا مشکل نہ تھا۔ ان سوالوں کا جواب وینا کے گرد بیٹھی ہوئی ہر ایک عورت کے چہرے پر بڑے صاف لفظوں میں لکھا ہوا تھا۔ ان عورتوں کی ازلی خواہش اور مسرت کا خون، بھوک اور افلاس نے کیا تھا۔ وہ بھوک اور افلاس جو آدمی کی پیدا کی ہوئی ہے۔ جسے اس نظام نے جنم دیا ہے جس میں لوٹ کھسوٹ کو ہر انسان کا ذاتی حق تسلیم کیا جاتا ہے اور کمزور اور غریب لوگوں کو جابر اور چالاک انسانوں کے رحم پر چھوڑ دیا جاتا ہے!

وینا نے بڑے واضح طور پر محسوس کیا کہ اگر ہر انسان کی بنیادی ضروریات کو پورا نہ کیا گیا اور عام آدمی کی زندگی کو آسان نہ بنایا گیا تو انسانی نسل خطرہ میں پڑ جائے گی اور انسان نسلی خودکشی کرنے پر مجبور ہو جائے گا۔ ⁂

نیا جنم

" ناری اپنے پتی کے انتم درشن کرلے۔" اور یہ کہہ کر اچارج نے لیلا کے پتی کے منہ سے کفن اٹھا دیا۔ لیلا سے اس کا چہرہ دیکھا نہ گیا۔ اس نے آنکھیں موند لیں۔ اچارج پھر بولا "ناری اپنے پتی کو انتم نمسکار کر۔" اور لیلا کو عورتوں نے سہارا دے کر چتا کے سرے پر کھڑا کر دیا جدھر لاش کے پاؤں تھے۔ آنکھیں موندے موندے لیلا جھکی، اس نے چتا کے کنارے پر ماتھا ٹیکا اور پھر اٹھ کھڑی ہوئی۔

" ناری، اس پُرش سے تیرا ناطہ سدا کے لئے ٹوٹتا ہے۔" اور یہ کہہ کر اچارج نے چتا کو آگ لگا دی۔

دھواں، پھر لپٹیں، چٹکتی ہوئی لکڑیوں کا شور اور منتروں کا جاپ۔

لیلا کو کچھ یاد نہیں، اُسے صرف اتنا یاد ہے چتا کا دھواں اسکی آنکھوں میں بھر رہا تھا۔ آگ کی لپٹیں اس کے گال جھلسا رہی تھیں

اور راکھ اُڑ اُڑ کر اس کے بالوں میں بھر رہی تھی۔ پھر عورتوں نے اسے لے جا کر ندی میں نہلایا تھا۔ اس کا سر دھویا تھا۔ اور پھر اُسے گھر کی اور لے چلی تھیں۔

لیکن جب نیلا گھر کی اور چلی تو اسے محسوس ہوا جیسے وہ پہلے والی نیلا نہیں ہے۔ وہ بدل گئی ہے۔ وہ پنچھ کی طرح ہلکی ہو گئی ہے۔ اس کا جسم بار روشی ہو گیا ہے اور سورج کی کرنیں اس کے انگ انگ کو روشن کر رہی ہیں۔ اسے لگا جیسے اس کے احساسات کے شیشوں کو کسی نے دھو پونچھ کر بالکل صاف کر دیا ہے اور روشنی اور رنگ چھن چھن کر اس کے دماغ تک پہنچ رہے ہیں۔ اس نے آنکھ اُٹھا کر دیکھا۔ اسے دھوپ بہت تیز اور سفید لگی۔ اس نے آسمان کی طرف آنکھیں اُٹھائی۔ اسے آسمان بہت شفاف اور گہرا نیلا لگا۔ اُس نے یہ بھی دیکھا کہ آسمان کی گہرائیوں میں ایک سفید رنگ کا خوب صورت کبوتر اُڑ رہا ہے۔ سامنے پیڑوں کے پتے بھی تازہ ہرے رنگ کے ہیں۔ سامنے تارکول کی سڑک بھی گہرے سُرمئی رنگ سے اُس کی آنکھوں کو ٹھنڈک پہنچا رہی ہے۔ 'آج سب کچھ نیا نیا سا لگ رہا ہے'، نہ جانے کس نے اس کے اندر اطمینان کا گہرا سانس لیا۔ اس کے ہونٹوں کے کونے نرم پڑ گئے۔ 'آج میرا نیا جنم ہوا ہے'!

آج واقعی لیلا کا نیا جنم ہوا تھا۔ آج اس کا پتی نہ مرا تھا۔ آج اس کا سہاگ نہ اُجڑا تھا۔ ایک بھیانک خواب تھا جو ختم ہو گیا تھا، ایک پھوڑا تھا جو پھوٹ گیا تھا، ایک کانٹا تھا جو نکل گیا تھا اور لیلا اپنے سینہ میں اک ایسی ہلکی ہلکی کسک اور اک ایسا سُہانا پن انوبھو کر رہی تھی جیسا کسی درد کرتے ہوئے حصّہ کے کٹ جانے پر محسوس ہوتا ہے۔

سچدیو، اس کا پتی، سچ مچ اس کے جیون کا ایک درد کرتا ہوا انگ تھا۔ پچھلے کچھ مہینوں سے وہ انسان نہیں بلکہ ایک جلن، اک کڑھن، اک زہریلا ڈنک بن گیا تھا۔ جو لیلا کے انگ انگ میں دُکھ، نراشا، تنگی، بے عزّتی اور ڈر کا زہر بھر رہا تھا۔ وہ اک ایسا پریت بن گیا تھا جس کے قدم پڑتے ہی گھر میں جھاڑو پھر جاتی ہے اور گھر کا گھر اُجڑ جاتا ہے۔

آج جب لیلا کے احساس پھر سے جاگ اٹھے تھے اور اسکی پلکیں پھر سے پھول کی پنکھڑیوں کی طرح کھل اُٹھی تھیں، وہ اک انجان اور غیر آدمی کی طرح اپنی زندگی کے حالات پر تعجب کر رہی تھی۔ یہ سب کچھ کیسے ہو گیا؟ سچدیو تو ایسا نہ تھا! زندگی جو اتنے خوب صورت ڈھنگ سے شروع ہوتی ہے، اتنے بھیانک انجام

پر کیسے ختم ہوتی ہے؟ کیا مسکراہٹیں اور محبت کی قسمیں، اتنے جھوٹ، اتنے عیبوں کو چھپا سکتی ہیں؟

لیلا کو یاد آیا جب اس کی شادی ہوتی تھی تو اس کی تمام سہیلیوں نے اس کی قسمت پر رشک کیا تھا۔ 'ہائے دیکھو تو لیلا کو کتنا سُندر ور ملا ہے! رنگ دیکھو، روپ دیکھو، شریر دیکھو! اور سچ مچ سچدیو تھا بھی ایسا ہی۔ اس کے گھنگھرالے بال، اس کا بھرا بھرا ہنس مکھ چہرہ، تندرست جسم —— لیلا نہال ہو گئی تھی۔ شادی کے پہلے سال کتنی محبت، کتنی راحت اور کتنی خوشی میں بیتے تھے۔ سچدیو نے اس کی ہر آرزو پوری کی تھی۔ اُسے ایک سے ایک عمدہ چیزیں لا کر دی تھیں۔ اس نے گھر میں ایک نوکر اور ایک نوکرانی رکھ دی تھی۔ لیلا کا کام صرف یہ تھا کہ وہ آرام کرے، بناؤ سنگھار کرے، گھومنے جائے اور سچدیو کے دوستوں کے ساتھ پکنکوں پر جائے۔

ایک ڈیڑھ سال اتنے آرام سے کٹے تھے کہ لیلا کو کبھی کبھی محسوس ہوتا یہ سب کچھ نقلی ہے، بناوٹی ہے، خواب ہے۔ زندگی میں اگر تنگی نہ ہو، خلش نہ ہو، ادھوری چاہیں نہ ہوں تو زندگی مصنوعی لگتی ہے —— لیلا نے جو چیز چاہی، اسے مل گئی، اس نے یہ جاننے کی کوشش کبھی نہ کی ان باتوں کے لئے روپیہ کہاں سے

آتا ہے۔ آمدنی کے ذریعہ کیا ہیں؟ اُسے صرف اتنا معلوم تھا کہ سچدیو کی کچھ خاندانی جائداد ہے اور کتابوں اور کاپیوں کی ایک دکان ہے۔ وہ بارہا دکان پر بھی گئی تھی۔ دکان پر سچدیو کے دوستوں کا جمگھٹا لگا رہتا تھا۔ اس نے دکان پر گاہک آتے بہت کم دیکھے تھے لیکن پھر بھی اُسے یہ خیال نہ آیا کہ اس دکان سے اتنی آمدنی کیونکر ہوتی ہے۔

شادی ہوئے دو سال گذر گئے اور لیلا اک بچّی کی ماں بنگئی۔ جاپے کے لئے لیلا اپنی ماں کے پاس چلی گئی تھی۔ لیلا ماں کے یہاں جانا نہ چاہتی تھی لیکن نہ جانے کیوں سچدیو نے بہت زور دیا کہ وہ چلی جائے۔ سچدیو نہ جانے کیوں پریشان سا رہتا تھا۔ وہ گھر بھی دیر سے لوٹتا تھا اور اس کے بال روکھے، ہونٹ سوکھے اور دماغ بوکھلایا سا رہتا تھا۔ لیکن لیلا کی دیکھ بھال میں اس نے کوئی کمی نہ کی۔ وہ یہی کہتا کہ مجھے تمہاری چنتا کھائے جاتی ہے اگر تم کو کچھ ہوگیا تو...... اور لیلا کو یقین آگیا کہ وہ اسی کے لئے پریشان رہتا ہے۔ وہ خوشی خوشی اپنی ماں کے یہاں چلی گئی لیکن ایک مہینہ بیتا، دوسرا مہینہ بیتا، تیسرا مہینہ بیتا، سچدیو نے اسے بلانے کا نام نہ لیا۔ وہ خود چار پانچ دفعہ اُسے دیکھ گیا لیکن لیجانے

کے نام پر بہانے بناتا۔ "مجھے بڑا کام ہے۔ ایک سرکاری ٹھیکہ ملنے والا ہے۔ بڑی دوڑ دھوپ کرنی پڑ رہی ہے۔ تم نہ آنا ورنہ میں اتنی کوشش نہ کر سکوں گا۔"

لیلا نے پہلے تو یقین کیا لیکن جیسے جیسے وقت گزرنے لگا اُسے شبہ ہونے لگا اور ایک دن بغیر کہے وہ اپنی ماں کے ہاں سے چل دی۔ گاڑی سے اُتر کر لیلا سیدھی گھر آئی۔ گھر میں قدم رکھتے ہی اس کا ماتھا ٹھنکا۔ سارا گھر ادبڑ کھابڑ پڑا تھا۔ سچدیو اور اس کے دوست مکان کی چھت سے دوسری طرف ٹرنک وغیرہ لٹکا رہے تھے۔ لیلا کو دیکھتے ہی سچدیو کھڑا کا کھڑا رہ گیا۔ "تم، تم آگئیں۔" اور اسی وقت باہر سے ڈونڈی پیٹنے کی آواز آئی۔ ڈونڈی والا کہہ رہا تھا: "ہر خاص و عام کو اطلاع دی جاتی ہے کہ آج دس بجے سچدیو ولد منوہر لال ساکن دلّی کی جائداد نیلام کی جائے گی۔ دس ہزار سے اوپر بولی بولنے والے کے نام بولی چھوڑ دی جائے گی۔ ڈگری کی رقم سے کم بولی آنے پر عدالت کو اختیار ہے کہ وہ نیلام کی دوسری تاریخ مقرر کرے"

ڈونڈی کی آواز نے جیسے لیلا کی دنیا کی دیواریں ہلا ڈالیں۔ اُسے لگا جیسے بھونچال آ رہا ہے اور وہ پھٹتی ہوئی دھرتی پر جان بچانے کے لئے بھاگتی پھر رہی ہے لیکن دوسرے لمحہ وہ بالکل خاموش

ہوگئی۔ اس نے کچھ نہ کہا، صرف آنگن میں بچی کو لئے پتھر کی مورت سی بیٹھی رہی اور باہر مکان کی بولیاں لگتی رہیں —— "چار ہزار" ، "چھ ہزار" ، "آٹھ ہزار" "۱ ہزار" ، "۱۱ ہزار" —— "۱۱ ہزار اک ، ۱۱ ہزار دو۔ ۱۱ ہزار تین"۔ لیلا کی دنیا نیلام ہوگئی۔

کچھ کپڑے ، کچھ برتن ، کچھ فرنیچر اور بہت سی بے آبروئی ، ذلت بدنامی اور سزا شلے کر لیلا کرائے کے ایک چھوٹے سے مکان میں آگئی۔ سچدیو نے رو رو کر اُسے بتایا کہ اس نے کوئی گناہ نہیں کیا ، کوئی بُرا کام نہیں کیا۔ اس کو صرف تجارت میں نقصان ہوگیا۔ اس نقصان کو پورا کرنے کے لئے اس نے قرض لیا اور اس قرض کو چکانے کے لئے اسکا مکان نیلام ہوگیا۔ اس نے لیلا کی اور اپنی چھوٹی سی بچّی کی بار بار قسمیں کھا کر لیلا کو اپنی معصومیت کا یقین دلایا اور لیلا نے اُن آنسوؤں اور اُن قسموں کو سچ مان کر سچدیو کو معاف کر دیا۔

لیلا نے اپنی عادتوں کو ایکدم بدل ڈالا۔ گھر کا سارا کام وہ خود کرنے لگی۔ سیر و تفریح بالکل بند کر دی۔ سچدیو کی دوکان تو اُٹھ ہی گئی تھی ، اب اس نے ایک دوست کی دکان پر نوکری کر لی۔ گنی چُنی تنخواہ آتی لیکن لیلا نے اسی میں گھر کا کام چلانا شروع کر دیا۔ لیکن سچدیو کی فضول خرچیاں کبھی کبھی لیلا کو پریشان کر دیتی تھیں۔ کبھی کبھی وہ بہت سی

بے کار اور قیمتی چیزیں لے آتا۔ ٹیکسی میں بیٹھ کر گھر آتا اور لیلا کو زبردستی ہوٹلوں میں لے جاتا۔ ان کاموں کے لئے وہ لیلا سے اک پائی نہ لیتا۔ اگر لیلا پوچھتی تو کہہ دیتا "میرے ایک دوست پر روپے تھے، آج اس نے لوٹائے ہیں"۔ "میں نے اپنے دوست کو بزنس لگا دیا تھا، اس نے کمیشن دیا ہے۔" لیلا کچھ نہ سمجھ پاتی کہ کبھی اس کی جیب بالکل خالی رہتی ہے اور کبھی اس میں نوٹ بھرے ہوتے ہیں۔

اب سچدیو بہت دیر سے گھر لوٹتا تھا۔ اس نے لیلا کو بتایا کہ وہ اک بیمہ کمپنی کا ایجنٹ بن گیا ہے اور نوکری کے بعد لوگوں سے ملنے جاتا ہے۔ لیلا نے یقین کر لیا لیکن اس نے صاف محسوس کیا کہ وہ بہت پریشان نظر آتا ہے، اس کے ہونٹ خشک اور آنکھیں سرخ رہتی ہیں۔ اس کی نگاہیں بہت بھوکی اور بے چین ہو گئی ہیں۔ وہ گھر کی تلاشی سی لیتی رہتی ہیں۔

ایک دن سچدیو جلدی ہی آیا اور بولا "لیلا تمہارے گلے کی وہ بھاری زنجیر ہے نہ، جو ٹوٹی ہوئی ہے۔ اُسے دیدو۔ میں ٹھیک کرا کر اور صاف کرا کر لاتا ہوں۔ میرے دوست کی دکان پر ایک سنار آیا ہوا ہے"۔ لیلا خود اس زنجیر کو ٹھیک کرنا چاہتی تھی۔ اس نے زنجیر نکال کر سچدیو کو دے دی۔

رات گئے سچدیو لوٹا۔ اس نے لیلا کو زنجیر لوٹا دی۔ لیلا کو وہ زنجیر

بالکل نئی معلوم دی۔ اس نے سچدیو کو بتایا کہ زنجیر تو بالکل نئی معلوم پڑتی ہے لیکن سچدیو نے یہ کہہ کر اس کی تسلی کر دی کہ سُنار نے مشین سے صاف کی ہے۔ اس نے یہ بھی بتایا کہ وہ اس کے تمام زیور اُسی سُنار سے صاف کرائے گا۔

اک اک کر کے لیلا کے تمام زیور صاف ہو کر آ گئے۔ لیلا کو ہر بار محسوس ہوتا جیسا زیور بالکل نئے ہیں، لیکن سچدیو اس طرح باتیں کرتا کہ اسے یقین آ جاتا۔ لیکن پھر بھی اُسے محسوس ہوتا جیسے سچدیو کی باتیں ضرورت سے زیادہ سچی اور تسلی دینے والی لگتی ہیں۔ اس کا برتاؤ کچھ عجیب سا ہے۔ سچدیو اسکے لئے ایک الجھن سی بنتا جا رہا تھا۔ اس کی الجھن اُس دن اور بڑھ گئی جب وہ اور اس کا دوست آئے اور اس کی تمام قیمتی ساڑیاں ڈرائی کلین کرانے کے لئے لے گئے۔ ان دنوں سچدیو رات رات باہر رہتا تھا۔ لیلا کے دل میں نامعلوم شُبہ پیدا ہو رہے تھے۔ سچدیو نے وعدہ کیا تھا کہ اس کی ساڑیاں ایک ہفتہ میں دُھل کر آ جائیں گی۔ وہ اُن کے آنے کا انتظار کر رہی تھی کہ سچدیو اپنے دوست کے ساتھ آیا اور بولا: "لیلا — یہ رندھیر ہماری کپڑا سینے کی مشین مانگ رہا ہے۔ ان کی مشین خراب ہو گئی ہے۔ آٹھ دس دن کے لئے دیدو۔" لیلا نے غور سے سچدیو کی طرف دیکھا۔ سچدیو تو منہ پھیرے دوسری طرف دیکھ رہا تھا۔ اس کا چہرہ مرجھایا ہوا تھا اور بار بار اس کے چہرے پر کوئی سیاہ سی چیز کروٹ لیتی نظر آتی تھی۔ اسے

نہ جانے کس طرح یقین ہو گیا ہے کہ سچدیو اُسے دھوکہ دے رہا ہے۔ جواب دئے بغیر وہ رسوئی میں چلی گئی۔

سچدیو مشین اٹھا کرلے گیا۔ اس رات وہ گھر نہ لوٹا۔ صبح جب وہ گھر لوٹا تو اس کی آنکھوں کے پپوٹے سُوجے ہوئے تھے، بال کھبرے ہوئے تھے اور چہرے پر وحشت تھی۔ نہ جانے کیسے، نہ جانے کیونکر لیلا کے منہ سے نکل پڑا۔ "بیچ آئے میری مشین۔ پڑ گئی کلیجے میں ٹھنڈک۔"

اور اس کا یہ کہنا تھا کہ جوالا مکھی پھٹ پڑا۔ سچدیو جیسے پاگل ہو گیا۔ اس نے لیلا کی گود سے بچّی کو چھین کر زمین پر پٹخ دیا اور لیلا کے منہ پر طمانچوں کی بارش کر دی۔ اس نے لیلا کو گرا دیا اور اُس کا گلا گھونٹتے ہوئے بکنے لگا: "ہاں میں نے مشین بیچ دی۔ میں نے تیری ساڑیاں بیچ دیں۔ میں نے تیرے سونے کے زیور بیچ کر تجھے پیتل کے لادئے۔ مگر تو کون ہوتی ہے؟ وہ میرے تھے، میری کمائی کے تھے۔ میں نے انھیں جوئے میں ہار دیا۔"

"جُوا!" اور جیسے لیلا کے دماغ میں ایک دھماکا ہوا۔ "جُوا!" اور اسکے دماغ میں ایک ساتھ تمام باتیں روشن ہو گئیں۔ —— تو سچدیو جُوا کھیلتا ہے اس نے اپنی جائداد، میرے کپڑے زیور سب جُوئے میں گنوائے ہیں۔ تبھی یہ رات کو دیر سے آتا ہے اور کبھی اسکی جیب خالی ہوتی ہے اور کبھی روپوں سے بھری۔"

سچدیو کی وہ سونے کی مورت پل بھر میں جل کر سیاہ ہوگئی۔ محبت اور یقین اور روشنائش کی دنیا جلکر راکھ ہوگئی اور لیلا نے جب اُس راکھ کو ٹٹول کر دیکھا تو اُسے معلوم ہوا کہ اب کچھ نہیں بچا ہے۔

سچ مچ کچھ نہ بچا تھا۔ گھر میں برتنوں، پرانے کپڑوں اور فرنیچر کی دو چار چیزوں کے علاوہ کچھ نہ بچا تھا۔ سچدیو کی وہ بناوٹی محبت بھی نہ بچی تھی۔ سچدیو اپنے خول سے باہر نکل آیا تھا۔ اب وہ نڈر، بے خوف، بے حیا تھا۔ اُسے چھپانے کی جھوٹ بولنے کی ضرورت نہ تھی۔ اس نے لیلا کو نہیں مارا تھا بلکہ لیلا کے دل میں اپنے پہلے خوبصورت معصوم اور نیک تصویر کو مارا تھا۔ اب اس نے فخر سے اُسے بتایا کہ اس کی کوئی نوکری نہیں ہے۔ وہ جُوا کھیلے گا۔ کوئی کام نہ کرے گا اور ایکدن اپنی دولت واپس جیت لے گا۔

لیلا بہت روئی، بہت پیٹی۔ اس نے گھر کی باقی چیزوں کو بکتے ہوئے دیکھا۔ اس نے یہ بھی دیکھا کہ ایک دن اس کی شادی کا پلنگ بھی بک گیا۔ گھر میں ٹوٹے ٹرنکوں، ٹوٹی کھاٹوں اور جھوٹے برتنوں کے علاوہ کچھ باقی نہ رہا۔ روٹی کے لالے پڑنے لگے۔ لیکن وہ کچھ نہ کر سکی۔

اب سچدیو گھر میں بیٹھ کر جُوا کھیلتا —— دن بھر، رات بھر تاش پیٹتے۔ لیلا نے اعتراض کیا۔ سچدیو نے اُسے پیٹا۔ تین دن تک گھر میں

ناقہ رہا ——— لیلا نے قسم کھائی کہ وہ جوئے کی کمائی نہ کھلائے گی لیکن چوتھے دن جب اس کی بچی کو محلہ والوں نے بھی کچھ نہ دیا تو وہ اٹھی، اس نے چولھا سلگایا۔ جوئے کی کمائی سے کھانا بنایا، بچی کو کھلایا، سچدیو کو کھلایا خود کھایا۔

وقت کے ساتھ ساتھ لیلا بھی سچدیو کے ساتھ سازش میں شامل ہینے لگی۔ بھوکوں تو نہیں مرا جائیگا۔ جو کچھ گنوایا ہے وہ تو لوٹایا جائیگا جس طرح بھی ہو، جیسے بھی ہو۔ اور لیلا نے جوئے پر اعتراض کرنا چھوڑ دیا۔ غیر شعوری طور پر وہ بھی جوئے میں دلچسپی لینے لگی۔ جوا اس ذلت سے برا تو نہ تھا جو لیلا اٹھا رہی تھی۔

پچھلے چار مہینوں سے لیلا سارے محلہ میں اپنے کو ذلیل کر رہی تھی۔ وہ محلہ والوں سے روپے، آٹا، نمک، مسالہ، گھی، تیل، سبزی دال، کوئلہ غرض یہ کہ سب چیزیں مانگتی پھر رہی تھی۔ شروع میں لوگوں نے ادھار سمجھ کر دیا، پھر خیرات سمجھ کر لیکن بعد میں انہوں نے انکار کرنا اور ذلیل کرنا شروع کر دیا۔ عورتیں اس کی بے حیائی، ذلالت، کمینگی اور ندیدے پن کی چرچے کرنے لگیں۔ اس کی سونا سی آبرو خاک میں مل گئی۔ اور جب وہ خاک میں مل گئی تو اس نے بے حیائی کو پورے طور پر اپنا لیا۔ اب گھر سے چیزیں مانگتے شرم نہ آتی۔ یہی نہیں اس نے اپنی بچی کو

بھی چیزیں مانگنے کے لیے بھیجنا شروع کر دیا۔ وہ کھانے کے وقت خود اپنی بچی کو دوسروں کے گھر بھیجنے لگی۔ لوگ اُسے اور اس کی بچی کو ٹکڑے دے دیتے تھے لیکن اس طرح جس طرح کتوں کو دے رہے ہوں۔

مہینے بیت گئے، برس بیت گیا۔ تن کا ماس، من کا چین، آتما کا اجالا اور گھر کا اثاثہ پوری طرح لُٹ گیا۔ سچدیو جوئے میں نہ جیتا۔ دن نہ پھرے۔ نراشا اور ناکامی نے سچدیو کی روح کو اندھا کر دیا۔ اب وہ انسان نہ تھا، وہ شیطان تھا۔ وہ دن رات جوا کھیلتا تھا۔ جیتتا تھا تو شراب پیتا تھا، ہارتا تھا تو لیلا کو مارتا تھا۔ سچدیو اپنے ہی کو نہیں بلکہ لیلا کو اور اپنی بچی کو بھی کھا رہا تھا۔ اسی دوران میں لیلا دوسرے بچے کی ماں بنی۔

ماں باپ کے گناہ کا پھل اولاد کو بھوگنا پڑتا ہے! لیلا نے یہ بات اکثر سُنی تھی لیکن اُسے خیال بھی نہ تھا کہ اس کی زندگی میں بھی یہ سچ آن کھڑا ہوگا ــــــ اسکے جو بچہ پیدا ہوا وہ ماس کا ایک ایسا لوتھڑا تھا جس پر غریبی، بھوک، جلن، کڑھن اور باپ کے بُرے چلن کی چھاپ تھی۔ وہ بہت کمزور تھا، اس کے سارے جسم پر جھریاں تھیں اور اس کی ایک آنکھ غائب تھی۔

لیلا اس چوٹ کو سہہ نہ سکی۔ اس کے لئے دنیا اندھیری ہوگئی۔

سچدیو اس کی زندگی کا شراپ بن گیا۔ اس کا سایہ گہن کے سائے کی طرح منحوس ہوگیا ——— سچدیو اب اس کا پتی نہ تھا وہ اک بھوت تھا جو اس کی زندگی کی سرحدوں پر چکّر لگا رہا تھا۔

اسی لئے جب ایک دن شرابی دوستوں کے ساتھ ایک موٹر حادثہ میں سچدیو کی موت ہوگئی تو لیلا کی آنکھ میں ایک آنسو تک نہ آیا۔ اور جب وہ اس کا داہ سنسکار کرکے لوٹی تو اُسے اُلٹا یہ محسوس ہوا جیسے اک بھیانک خواب تھا جو ختم ہوگیا، ایک پھوڑا تھا جو پھوٹ گیا، اک کانٹا تھا جو نکل گیا اور تب ہی بے اختیار اس کو محسوس ہوا تھا ——— 'آج میرا نیا جنم ہوا ہے' + +